LA FILLE DES EAUX VIVES

DU MÊME AUTEUR

Les Trois marches, Albin Michel, 2005.

Un fils pour mes terres, Albin Michel, 2004.

La Vallée d'émeraude, Albin Michel, 2003.

L'Enfance inachevée, Albin Michel, 2001.

Le Moulin des rêves, Albin Michel, 2000.

La Noisetière, Albin Michel, 1998.

La Dernière Estive, De Borée, 1997.

Le Soleil de Monédière, De Borée, 1994.

ANTONIN MALROUX

LA FILLE DES EAUX VIVES

roman

l'Archipel

Si vous souhaitez recevoir notre catalogue
et être tenu au courant de nos publications,
envoyez vos nom et adresse, en citant ce livre,
aux Éditions de l'Archipel,
34, rue des Bourdonnais 75001 Paris.
Et, pour le Canada,
à Édipresse Inc., 945, avenue Beaumont,
Montréal, Québec, H3N 1W3.

ISBN 978-2-84187-933-5

Prologue

Dans ce pays, qui n'a de plat que la plaine de la Limagne, la surface vitrée de ses lacs ou le fond des assiettes, le temps a gravé dans son environnement parfois tumultueux la vie des gens.

La contrée auvergnate veille sur ses secrets, qu'ils viennent des rois ou des manants, et sa terre les retient autant qu'elle le peut sous cet épiderme herbeux, rude, aux failles multiples d'où s'échappent parfois des floches de brume mystérieuse.

Les monts de la chaîne des Puys s'arc-boutent pour faire face aux agressions des éléments. Jalousement, les anciens volcans gardent leur feu profond tandis que les ruisseaux narguent par quelques éclats de lumière l'œil du promeneur distrait, parfois rêveur.

Alors, sans vous presser, poussez la porte de cette histoire d'amour, dans ce terroir superbe autrefois hérissé de fortifications, et n'oubliez pas que, sous le moindre souffle, la moindre envie, les braises des légendes s'enflamment facilement.

La reine Margot n'est peut-être pas très loin...

1

La fille des eaux vives

Ouverte, menaçante, dirigée vers les nuages, la gueule du grand loup domine la ville, fixée sur la tour du Beffroi. Impressionnante !

L'Histoire rapporte que, lors de la guerre de Cent Ans, cette ville fut encerclée par une compagnie d'Anglais alléchés par son opulence. Assiégeants et assiégés tinrent bon et personne n'entrevoyait d'issue. Alors, au plus fort de l'hiver très rude cette année-là, des hordes de loups affamés surgirent des forêts enneigées, attaquèrent les harceleurs étrangers et mirent en déroute ces pillards. La ville fut ainsi libérée. En signe de reconnaissance, Besse se choisit pour mascotte l'un des plus indomptables de ces canidés. Depuis lors, il veille sur la ville, qui n'a jamais été prise.

Voilà ce que rapportent les dépliants touristiques du syndicat d'initiative, où elle découvrait, repérait les lieux de son futur voyage et de ses interrogations. Le tout demeurait en vrac sur la table de son salon depuis quelques jours...

Six mois auparavant s'étaient déroulées les obsèques de sa mère, morte étouffée sous des oreillers. L'enquête de police ne donnait aucun résultat, pas la moindre piste sérieuse ne s'inscrivait au dossier.

Elle commençait maintenant à entrevoir le vide qui s'installait.

Elle s'écroula dans un fauteuil, se prit la tête dans les mains et laissa errer ses pensées.

« Je n'avais que toi et tu savais à quel point j'avais besoin de ta présence. Pourquoi cette fin si tragique ? Que te voulait-on ? »

Son regard effleurait lentement les objets qui meublaient son intérieur, objets subitement sans âme. Meubles, cadres et tableaux, photos, bibelots, tout devenait dérisoire sur l'instant, sans attrait.

« Il ne me reste que ma propre vie, ma petite vie de rien du tout. Pas d'enfant, plus de famille... Si au moins j'avais une famille ! C'est vraiment idiot, l'existence. Maman ! »

Des images, des scènes de sa vie défilaient dans sa tête sans qu'elle s'agrippât à aucune, ce qui l'aurait peut-être réconfortée.

Sa mère l'avait élevée, seule. Émilie avait vécu une belle vie en apparence. Elle n'avait manqué de rien, si ce n'était de la présence d'un père. Une existence presque normale, entre mère et fille. Ainsi s'était écoulé le temps insouciant de l'adolescence et de la jeunesse.

Ses études l'avaient conduite vers le secrétariat et les relations de sa mère l'avaient aidée à trouver un emploi. Plus tard, un mariage heureux, semblait-il, avait couronné son existence de femme, pendant sept années, avant un divorce surprenant autant qu'imprévisible.

Ce qui lui avait manqué ? Un passé familial avec père et mère, eût-il été bourgeois ou ordinaire, mais qu'il existât ! Sa mère, Reine Martenet, lui avait simplement parlé de ses parents à elle, en Auvergne, qui l'avaient chassée très jeune et reniée. « Un autre temps », disait-elle, avec un père hélas à l'esprit obtus et orgueilleux.

Les Martenet étaient morts peu de temps après et aucune famille ne subsistait. Elle aurait préféré le titre d'enfant de l'Assistance publique ! Oui ! Orpheline lui eût plutôt convenu davantage, à ce moment-là.

Bref ! Émilie s'était contentée de ces révélations, et l'Auvergne, pays de ses ancêtres, n'avait nullement empreint sa vie. Il y avait un détail pourtant dont lui avait parlé sa mère, lors de moments où les souvenirs d'enfant reviennent irrésistiblement à la mémoire, dussent-ils y poindre par inadvertance : un ruisseau merveilleux près d'un moulin où elle jouait avec son grand-père. « Dans cette couze [1] l'eau coulera toujours, lui avait-il dit, et toujours il se souviendra de toi, il n'oubliera pas ton visage. »

Bien mince comme souvenir. À plusieurs reprises, Émilie avait demandé à sa mère de la conduire quelques jours dans ce pays auvergnat. À force de persuasion et de pugnacité, avec habileté, celle-ci l'avait convaincue d'y renoncer. Si étrange que fût cette attitude, elle l'avait acceptée.

1. Nom donné aux ruisseaux de cette région.

Certes, elle le regrettait maintenant. Dans sa tête se dessinait un projet de voyage...

La route lui avait paru bien longue en cet été 1983. Dès que le puy de Dôme et les monts d'Auvergne avaient dessiné l'horizon, telle une page de papier couleur que l'on aurait déchirée savamment et collée sur un fond de théâtre – ici le ciel –, la fatigue avait disparu d'elle-même.

Entre Riom et Clermont-Ferrand, une vue superbe s'étalait devant ses yeux. La chaîne des puys avec, un peu sur la gauche, le plus grand, le plus majestueux : le puy de Dôme, surnommé le grain de beauté de l'Europe. Les autres monts, épaule contre épaule, se serraient près de lui, lui devant allégeance. Un troupeau de montagnes !

À trente-cinq ans, entrer pour la première fois dans cette région, qu'elle ne connaissait qu'à travers des revues ou des images de télévision, avait suscité en elle une impression étrange, presque un pressentiment.

Elle venait de Paris pour passer quelques jours dans le Puy-de-Dôme, dans cette petite ville – ô combien célèbre – du Parc naturel des volcans d'Auvergne : Besse.

Un modeste meublé, loué par téléphone depuis Paris, suffirait amplement au séjour qu'elle avait décidé de s'offrir près des anciens volcans, les plus proches du Sancy.

En tout premier lieu, elle décida de participer à une visite guidée de la ville, principe élémentaire lorsque l'ignorance est totale.

Besse ordonne un passage de montagne entre les vallées de l'Allier et de la Dordogne, et entre les hauts plateaux du Cézallier et le massif du Sancy. Cette localisation avait fait de Besse – cité médiévale et Renaissance – dans le passé l'une des treize bonnes villes d'Auvergne[1]. Il demeure de cette aisance bourgeoise des XVe, XVIe et XVIIe siècles un intéressant ensemble urbain avec ses maisons de basalte, ses ruelles bordées d'échoppes et de places avec leur fontaine, le tout niché au cœur d'une végétation riante malgré les hivers rigoureux.

La Parisienne ouvrait grand les yeux et ses oreilles ne laissaient perdre aucune miette des propos du guide qui ajouta :

— Les armoiries de la ville de Besse figuraient à l'Armorial général de France, en 1698. Elles sont d'azur, d'un saint Jean Baptiste dans le désert d'or accompagné de trois fleurs de lys posées deux et un. Besse tenait pour le parti de Valois en 1593.

À la vue de l'ensemble de ces solides et puissantes constructions grises, on ressent une impression de richesse, de force. Il y a tant de lieux intéressants : le Beffroi, porte fortifiée du XVe siècle surmontée d'une tour carrée et de la lanterne où se trouve le timbre de l'horloge, datée de

1. Besse, pas encore « Besse-en-Chandesse » en 1074, avait pour seigneur Géraud de La Tour d'Auvergne et la ville demeurera longtemps le bien de cette puissante famille. C'est ainsi qu'elle échouera tout naturellement dans l'escarcelle de Catherine de Médicis – reine de France – à moitié auvergnate par sa mère, puis de sa fille Marguerite de Valois, la fameuse reine Margot.

1724, la maison dite « de la reine Margot », le manoir Sainte-Marie, l'église Saint-André, le château du Bailli et ses mâchicoulis – pièces maîtresses de remparts aujourd'hui réduits à l'état de vestige –, ancienne demeure des seigneurs de La Tour d'Auvergne, qui marquèrent leur suzeraineté, entre autres, par l'octroi d'une charte.

Au XIIIe siècle, les habitants de Besse étaient principalement des commerçants, des artisans, avec quelques hommes de loi, écrivains publics, notaires.

Ils décidèrent d'acheter une « Charte de Liberté » accordée par les frères Bernard et Bertrand de La Tour d'Auvergne, ces derniers ayant besoin de fonds pour participer aux croisades. Ce document, rédigé en langue mal définie, donne d'intéressants renseignements sur les mœurs de l'époque. Il fut signé en 1270 au château de Saint-Saturnin, nouvelle résidence de la famille de La Tour d'Auvergne, le jeudi après l'octave de saint Jean-Porte-Latine, c'est-à-dire au mois de mai. On peut être surpris par l'esprit de tolérance et de justice qui se dégage de cette charte. Les femmes sont à égalité de droit et de succession avec les hommes.

Malgré la disparition de Bernard de La Tour, qui trouva la mort en ramenant le corps de Saint Louis des croisades, cette charte fut respectée. En voici un court extrait :

« En B de la Tor e Bertrand de la Tor fraire donneront la villa de Beffea, e jureront fobre fans, à toz los hommes e à totas las femnas que maifos i

penriont e i auriont bos ufatges e bonas condumnhas, las melhors que hum trobaria à ops de borfes à Montpeleir, ni al Poy, ni à Salvanhec ni en altras bons vilas... »

Traduite ultérieurement dans un français plus proche de nous, la Charte de Liberté disait ceci :

« Nous, Bernard de La Tour et Bertrand son frère, donnons à la ville de Besse, le jurons sur les saints, à tous les hommes et à toutes les femmes qui y ont maison et qui ont bons usages et bonnes coutumes, le meilleur que nous avons trouvé en la charte de Montpellier, du Puy, de Sauvagnac et en d'autres bonnes villes.

« [...] Quand Bernard de La Tour mettra son bailli à Besse, il doit faire jurer sur les saints que loyalement mènera la ville et ses usages avec le conseil des consuls communaux. Bernard de La Tour donne autorisation aux habitants de Besse, toutes les fois qu'ils voudront mettre consul de tout temps. Et l'homme qui s'y établit et bâtit au bout d'un an et un jour, il peut rester, il est de là. Et si cet homme y venait pour refuge pour le tort qu'il avait fait, s'il veut faire le droit, il ne sera pas trié, mis à part. Et aussi quelqu'un qui a maison à Besse peut la donner ou la vendre à tout homme et toute femme sauf à un saint, à un grand, à un chanoine, à un chevalier, à un manant, qui eux ne doivent pas avoir maison suivant l'usage de la ville. Qui possède maison à Besse a un droit de vote, que ce soit un homme ou une femme ! »

Telle fut la Charte de Liberté acquise et payée aux seigneurs de La Tour d'Auvergne par les Bessards de l'époque.

La fraîche vacancière fut ravie et comblée par les enseignements recueillis au cours de la visite.

Durant les premières journées qui suivirent son arrivée à Besse, le 8 juillet, la jeune femme quitta le bourg, ne rentra qu'en fin d'après-midi. Appareils photographiques en bandoulière, son premier désir était la recherche de certains endroits et particulièrement d'un ruisseau...

Dès qu'elle l'eut retrouvé, ce fameux ruisseau dont sa mère lui avait parlé au temps de son enfance, elle ne résista pas à l'envie de pénétrer dans l'eau peu profonde. Il lui semblait qu'il n'y avait plus que cela de vivant, cette onde claire et plus froide qu'elle ne l'avait imaginée, malgré les températures de juillet. Elle s'aspergea les jambes, les bras, le visage et trempa ses vêtements, mais qu'importait pour elle ce mince détail !

Puis elle s'immobilisa, essayant de stabiliser le reflet de son visage dans un recoin plus tranquille, et questionna :

— Te souviens-tu du visage de ma mère ?

Son reflet disparut dans les stries d'une vaguelette.

Ce lieu redonnait vie à un passé oublié sans qu'elle s'en rendît compte, même si, plus loin, ce n'était que monticules de pierres, éboulis, traces de constructions dont il ne restait que des formes fantomatiques. Avait-elle vérifié les détails de sa mémoire, les points d'ancrage de l'histoire maternelle ?

Elle revint à son lieu de résidence. Rassurée ? Déçue ? Rien ne semblait perturber son comportement de vacancière pourtant aux aguets. Ayant repéré ce qui demeurait le seul souvenir vivant, le ruisseau, elle reporta sa curiosité vers sa ville d'accueil.

En quête d'images originales – sinon inédites –, elle se renseignait auprès des Bessards, dans ces passages étroits, ces enchevêtrements de rues où la lumière crée chaque fois la surprise.

Tout devenait matière à photos, bâtisses, détails de telle fenêtre de ces vieilles maisons du XVe et XVIe siècle, avec pignon sur rue, porte ogivale et blason.

— Si vous recherchez une belle maison, allez donc voir vers le bas de la ville, vous en verrez une, lui dit un résident en lui indiquant la direction. Ce n'est pas la plus grande, mais elle est si belle, recouverte de fleurs, que l'on dirait une maison de Walt Disney. Vous ne pouvez pas la manquer !

Très vite, la Parisienne eut envie de découvrir la maison fleurie : une bâtisse ancienne, entourée et presque recouverte de clématites, que les photographes amateurs de clichés originaux avaient maintes fois glissée dans leur boîte à images.

Ladite maison, qui appartenait à Romain Departout, se situait dans la partie basse, le quartier du Bessous, au milieu de jardins clos de vieux murs de pierres volcaniques ou granitiques, dont certains portails, accrochés à leurs montants de pierre, paraissaient si fatigués qu'on ne savait plus lequel soutenait l'autre. En outre, des cultures potagères, des noisetiers et des treilles, des lilas taillés à la diable, des rosiers contribuaient à l'originalité des lieux. Pour aller chez Departout, on accédait par un chemin d'herbe, où le passage d'une voiture avait imprimé des traces profondes, sans le moindre brin de gazon.

Émerveillée par l'allure de la demeure, la vacancière décida de la photographier en demandant son autorisation au propriétaire. C'est ainsi qu'elle rencontra Romain Departout, l'homme aux yeux clairs.

La maison avait été construite en pierres de lave, aux joints bien appuyés, couverte d'ardoises marquées par endroits de tauchures de mousses jaunes et rases. Son toit, flanqué d'une cheminée massive, avait une forte pente qui facilitait la fonte des lourdes neiges d'hiver. Accolée à la maison, une dépendance s'y adossait, une sorte de remise qui servait d'atelier, de garage et de débarras.

L'ensemble s'enorgueillissait d'une excellente restauration et les clématites, dont certaines montaient jusqu'aux trois quarts des murs, faisaient songer à des guirlandes électriques l'illuminant comme pour un jour de fête. Lorsque le vent se manifestait fort dans les feuillages, on aurait dit que la maison respirait à travers ses poumons extérieurs. Bien que le jardin environnant, clos par un mur sans portail, fût cultivé sur une bonne moitié, l'autre partie demeurait la proie d'un gazon sauvage, tondu de temps à autre, où vivotaient deux pommiers et trois poiriers. Derrière la maison, on apercevait un tilleul sûrement très vieux.

Jour après jour, Émilie cherchait de nouveaux détails et poursuivait sa quête. Chacun pouvait la voir arpenter les rues de Besse, équipée de ses appareils photo. Elle passait souvent devant la maison de Romain. De plus, elle prenait des notes sur un petit carnet bleu.

Intrigué, l'homme finit par lui dire :

— Je suis curieux et impatient de voir le résultat.

Ils rirent tous deux.

— Je souhaite bien y consacrer quelques pellicules, car elle me plaît beaucoup, votre maison. Il y a la verdure, les fleurs, les murs visibles par endroits. On dirait qu'ils veulent se dissimuler sous les feuillages pourtant légers des clématites. Puis il y a autre chose, cela ne s'explique pas. Peut-être la vieille clôture du jardin, peut-être les buis dont on dit qu'ils sont sages et si lents à grandir qu'ils ne veulent pas se laisser vieillir.

« Cette femme a bien envie de parler », pensait Romain Departout.

— Je ne connaissais pas ce détail, répondit-il enfin.

— Peut-être est-ce la lumière d'ici qui est exceptionnelle ? J'aurais aimé être peintre.

Il n'y avait rien à ajouter.

Romain avait bien remarqué cette femme au regard particulier, à la peau mate et aux longs cheveux noirs. Ce qu'il aurait pu dire aussi, c'est qu'elle venait presque tous les jours dans son jardin ou passait à proximité, et que son charme l'émoustillait.

« Elle doit avoir trente-cinq ans environ », pensa-t-il, avec cette manie de donner un âge aux gens.

Il aimait observer l'artiste, légèrement en retrait, très attentif. Elle arrivait vers les 8 heures et travaillait quelques minutes. Les clichés du matin seraient ensoleillés, éblouis de lumière, de fraîcheur, de réveil, de cette lumière qui invite à prendre la vie à bras-le-corps. Puis, vers les 18 heures et même plus tard encore, quand le soleil avait fait du chemin, elle revenait capter des ombres nouvelles, avec des reliefs plus colorés, plus chauds, plus aptes à la douceur de vivre, de penser. Dieu que cette femme l'intriguait ! « M'espionnerait-elle pour venir chaque jour par ici ? » Faisait-elle vraiment des photos ?

Vêtue d'un jean et d'un T-shirt sur lequel elle avait jeté un pull, les cheveux retenus sous une casquette de toile style Gavroche, cette femme avait bien l'allure des reporters que l'on voit parfois dans des revues.

Quelques papillons, quelques insectes tournoyaient parfois autour d'elle. Les uns se posaient sur un mur, sur une herbe ou sur un grillage, déposant ainsi une touche de couleur qui disparaissait aussitôt. Les autres dessinaient en mouvements rapides des tracés insaisissables dans l'espace. La photographe s'asseyait parfois sur le vieux mur, désireuse de savourer ces moments de faux silence, laissant vagabonder ses bouts d'idées vers nulle part.

Un chat passait de temps à autre, quand Mouche – le chien du propriétaire – lui laissait la place libre. Un vent léger imprégné des odeurs de pays apportait parfois un bien-être particulier. L'artiste s'imbibait de ce milieu et appréciait cette sensation agréable. Paris ? Bien loin ! Le calme peuplé de mille bruissements d'ailes, de passages furtifs d'êtres vivants minuscules, d'éclatements de graines, de frôlements de feuilles. Elle sentait s'amplifier en elle quelque chose d'indéfinissable : ce contact avec le sol, avec l'herbe, avec les chemins chauds et poussiéreux, avec les pierres – cette affinité avec la terre –, la force de la terre.

Ici, son corps percevait cet aimant, cette délicieuse et troublante appartenance pour la première fois. L'air chaud de l'été avec ses senteurs, ses odeurs, entrait en elle, comme la lumière du jour lui caressait la peau ! Ses yeux semblaient toujours aux aguets.

Jalin, un désœuvré de Besse, avait bien remarqué cette femme se rendant souvent chez Romain et cela l'intriguait. Il dit à Romain qu'il avait de la chance d'avoir une créature aussi belle chaque jour chez lui et ajouta même :

— C'est le genre de femme avec qui j'aimerais coucher... Elles m'attirent toutes, ces filles... Et de plus, elle a le bel âge...

— Et pourtant, avec vos idées... ça m'étonne de vous, avait osé Romain.

— Y a pas à dire, celle-là n'est pas ordinaire. Vous la connaissez ? Je la vois souvent vers chez vous, je ne peux m'empêcher de la regarder, vous savez ce que c'est !

— C'est vrai qu'il y a là une belle fille, conclut-il.

Romain continua son chemin tout en pensant la même chose que Jalin.

En cette fin de première semaine, le ciel se couvrit de nuages pressés et métalliques qui se rassemblèrent comme un troupeau de moutons au-dessus du pays. L'orage éclata et par chance fut de courte durée. La photographe, trop éloignée des habitations, n'avait pas trouvé d'abri et rentrait trempée jusqu'aux os.

Ces humeurs du temps d'été ne duraient parfois que de brèves minutes, mais leur violence ne s'en montrait pas moins redoutable. Silencieux derrière sa fenêtre, l'homme, dans cette attitude qui le privait de toute décision, la regarda passer sans bouger.

Ses vêtements, dégoulinant de pluie, lui collaient à la peau, révélant des formes généreuses. Alors qu'elle s'éloignait déjà, il s'enhardit à ouvrir sa porte, et l'odeur de sol détrempé lui sauta au visage. Il l'appela mais elle ne se retourna pas. Sans doute ne voulait-elle pas qu'on pût penser des choses inexactes. « Fière ! » concéda-t-il.

Le lendemain, dans un jour tout neuf et débarrassé de nuages, elle se manifesta comme d'habitude, appareils à l'épaule. Elle s'imprégnait de cette lumière matinale qu'elle recherchait pour la transposer dans son œuvre, tantôt en contrastes purs et valorisants, tantôt en subtils dégradés de gris, tantôt en pastels sucrés.

Romain sortit de sa maison et fit quelques pas vers elle.

— Bonjour, madame, j'espère que vous n'avez pas pris du mal hier soir, je vous ai vue passer et même appelée, mais...

— Je suis idiote, je crains l'orage, mais comme vous pouvez le constater, je suis saine et sauve, dit-elle, avec un sourire dont on ne savait s'il était sincère ou s'il dissimulait un reproche.

Puis, elle ajouta d'un air pincé :

— Mon nom est Émilie Martenet. Appelez-moi Émilie, ce sera plus simple, si vous le voulez. Mais si cela vous gêne...

Il regrettait déjà son attitude de la veille.

Sans trop savoir pourquoi, il posa soudainement la question :

— Madame Émilie ?

Sourire amusé.

— Émilie, tout simplement.

Il acquiesça d'un mouvement de tête et ne sut que répondre.

— On m'appelle Romain Departout et vous pouvez me dire « Romain ».

« Pourquoi se compliquer la vie ? » pensa-t-il.

Chacun hocha la tête. Émilie s'éloignait déjà. Il avait oublié de l'informer que son vrai nom n'était pas Departout mais Detoutlieu, Romain Detoutlieu. Peut-être l'apprendrait-elle un jour – aujourd'hui, ça n'avait aucune importance.

Elle s'appelait donc Émilie...

Déjà loin, la photographe... avec dans l'âme une émotion bizarre. Cet homme la rassurait sans qu'elle comprît pourquoi. Il émanait de sa personne un sentiment de sécurité. Cela donnait confiance et en même temps procurait un certain trouble. « Les Auvergnats sont assez sympathiques, mais c'est vrai que je ne connais que celui-là. » Elle se surprit à sourire.

2

CEUX DE BESSE

On l'appelait Departout, Romain Departout. Des yeux clairs, des sourcils broussailleux, une bouche bien dessinée comme celles des statues sur les places, un menton volontaire, l'homme avait de plus une bonne carrure, du haut de son mètre quatre-vingts.

Souvent vêtu d'un pantalon de velours marron, d'une chemise à carreaux dont il retroussait les manches, il portait des galoches en cuir noir à semelles de bois – seuls quelques marchés de campagne en vendaient encore – qui lui donnaient une certaine allure. Cheveux abondants, poivre et sel, parfois assez longs – il n'aimait pas se rendre chez le coiffeur. La barbe ? Souvent de plusieurs jours ! Il possédait une 4L blanche pour transporter ami et chien quand ils allaient tous trois plus loin que le bourg.

Retiré des affaires, à l'abri du besoin, Departout consommait le temps qui passait, et vivait simplement. De temps à autre, il se rendait à

Clermont-Ferrand. La vie qu'il s'était choisie lui convenait. Quelques amis de Paris, venus le voir lors de séjours aux sports d'hiver à Super-Besse, avaient trouvé un homme tranquille et plein de sagesse, campé dans une surprenante et convenable solitude.

Clermontois expatrié à vingt ans à Paris, revenu en Auvergne à cinquante-deux, cet homme vivait seul, en parfait célibataire, dans cette jolie maison entourée d'un jardin. Comportement étrange pour certains, banal pour d'autres.

Seule compagne : sa chienne noire à longs poils, nommée Mouche. Quand on apercevait l'un, l'autre n'était pas loin.

L'homme pouvait partir tôt respirer l'air pointu des premières heures fraîches et ne rentrer que fort tard le soir, juste avant le crépuscule, après avoir arpenté des kilomètres et battu la campagne avec son inséparable Mouche. La musette bien garnie leur assurait de quoi répondre à la faim quand celle-ci se manifestait. La longue marche au grand air creuse l'appétit !

Tous les Bessards connaissaient bien maintenant cet homme aux yeux clairs qui arpentait les rues en compagnie de son chien. Intrigués au début, la plupart d'entre eux, enfin habitués à lui, avaient fini par l'adopter – même s'ils se demandaient toujours d'où provenaient ses revenus. « À son âge, c'est bien tôt pour la retraite. » Ici, on aime bien ce qui est dans la normalité. Or, un Parisien qui débarque, et de plus un Clermontois qui vient s'installer à Besse... Quelques ragots circulaient. Quand ils apprirent qu'il était l'ami d'enfance d'Alfred, les discussions s'estompèrent.

L'homme s'intégra vite. Il se fit des compagnons, pour ne pas dire des amis, dont il partageait les parties de cartes au café de la place, où régnait en maîtresse Solange, depuis si longtemps serveuse dans ce café-restaurant que l'on disait : « On va boire un coup chez la Solange. » Toujours célibataire, Solange avait fêté ses quarante-cinq printemps. Sûre d'elle, pourvue de magnifiques cheveux roux, elle savait plaire aux hommes. Ses patrons, ayant dépassé la soixantaine, lui laissaient gérer l'affaire – en jetant un œil sur la caisse, en bons Auvergnats qu'ils étaient... Avec elle se maintenait une clientèle d'habitués.

Les trois compères de Romain – Alfred, l'ami et partenaire de toujours, le père Cassière, instituteur à la retraite, et Jalin, chômeur de longue durée – formaient avec lui la bande des habitués. Trois fois par semaine, ces hommes s'asseyaient à la même table pour en découdre avec le hasard du jeu ou, plus précisément, avec la science de chacun. L'instituteur, le plus sérieux, surnommé « Jules Ferry », tenait les comptes. Les autres ne lui enviaient pas ce rôle, mais le menaçaient de lui faire payer la tournée au cas où la belote et le dix de der manqueraient à l'addition des points. Face à cette classe de trois élèves, ce retraité demeurait toujours l'instituteur, comme autrefois.

Quant à Jalin, homme aigri qui avait perdu son emploi et pointait aux Assedic, il connaissait tous les habitants de Besse, colportait les nouvelles qu'il apprenait au café, les bonnes comme les mauvaises, complétées de ses appréciations personnelles, donnant son avis sur bien des sujets. La cinquantaine, il vivait seul, son épouse l'ayant quitté un beau matin, il y avait plus de dix ans. Son seul fils venait le voir par hasard, tous les deux ans environ. Jalin courait après tous les jupons possibles, ne se gênant pas pour se vanter de conquêtes féminines bien entendu illusoires. Certaines mauvaises langues disaient qu'au temps de sa jeunesse il avait des yeux de bouc ! Désormais, il ne quittait plus ses lunettes noires... pour d'autres raisons.

Alfred, du même âge que Romain, était paraplégique. Cet ancien musicien vivait avec sa mère, que l'on appelait Marthe, et se déplaçait en fauteuil roulant. Romain et lui avaient grandi ensemble à Clermont-Ferrand. Ils jouaient autrefois dans les bals, Romain accompagnant son ami à la batterie. L'amitié entre ces deux hommes demeurait intacte depuis l'enfance, riche de secrets bien gardés.

L'enfance, territoire si cher au cœur des hommes d'où jaillissent les caractères, où se façonnent des habitudes indélébiles, où s'impriment à jamais comme au fer rouge dans la chair les premières sensations, les premières joies et les premiers chagrins, les avait jumelés. Tous deux « enfants Michelin », comme on dit dans la capitale auvergnate. Les cours et les jardins mitoyens avaient favorisé leurs rencontres, leurs jeux, plus tard le goût de la musique, et des filles avec leurs secrets, en un mot leur amitié. Vers les coteaux de

Chanturgue, on connaissait leurs maisons – celles des inséparables.

Un jour Romain dut rejoindre Paris. Pour les deux amis, un déchirement. Romain promit de revenir... La promesse fut glissée dans le livre de la vie, ce livre dont on écrit une page chaque jour et qui ne se termine jamais. Et elle resta là, entre deux jours... Souvenirs chagrins.

Deux années plus tard, Alfred fut victime d'un accident de la route et blessé grièvement. Romain vint le voir, resta plusieurs jours à son chevet. S'il n'avait pas quitté l'Auvergne, peut-être l'accident n'aurait-il pas eu lieu, se disait-il en se morfondant... Mais Alfred le rassurait :

— Tout sera comme avant, Romain, et puis tu reviendras ici un jour, nous referons les bals comme avant ton départ... Je n'ai jamais trouvé meilleur batteur que toi. Te souviens-tu de nos débuts ?

— Si je m'en souviens, Alfred... Ton premier accordéon offert par tes grands-parents, nous l'avions arrosé copieusement. Un instrument trop neuf et trop sec, ça ne peut pas jouer, disais-tu alors. Quant à moi, j'avais travaillé dur pour acheter une modeste batterie d'occasion. On était heureux ! Le premier bal à Ceyrat fut un triomphe ! Et nous n'étions que deux musiciens.

— Tout va s'arranger, crois-moi, dit Alfred en serrant chaleureusement dans ses mains celles de son ami.

Que d'espoir dans le regard, que d'amitié dans leur sourire. Romain dut repartir, le cœur bien triste. Les nouvelles qui arrivèrent plus tard furent affligeantes. Tout le monde attendait le miracle... qui ne vint pas. Alfred demeura paralysé des membres inférieurs. Pendant près de deux ans, Romain vint lui rendre visite une fois par mois. Puis il espaça ses visites, tout doucement. On le voyait l'été et quelquefois les premiers jours de janvier. Le livre de la vie sautait des pages.

Dès son arrivée à Paris, il avait été embauché par un menuisier-ébéniste. Romain avait appris ce métier à Clermont-Ferrand, chez un artisan de grand renom et reconnu par les Auvergnats de la capitale. Il n'eut donc aucun mal à trouver du travail à Paris. Une dizaine d'années plus tard, il devint contremaître, puis le bras droit du patron, qui lui céda son entreprise quand une autre décennie se fut écoulée. L'affaire tournait avec trois ouvriers et le temps passait sans que Romain, dans sa vie privée, trouvât une compagne. Était-il si difficile ?

Son père décéda d'une longue maladie et sa mère ne survécut que deux ans à la solitude.

À la disparition de celle-ci, Romain n'eut qu'une idée en tête : revenir en Auvergne. Il comprenait qu'il ne lui restait rien et cette pensée ne le quittait plus. « Je m'ennuie de mon pays, la vue des volcans me manque. Serait-il trop tard ? » La pensée de la terre natale l'envahissait, l'étouffait parfois. L'envie de prendre femme n'effleurait pas son esprit. Y avait-il un secret dans son cœur ? Un chagrin d'amour ?

Dans cette banlieue où se situait son entreprise, de grands travaux de voirie se préparaient. On abattait quelques îlots insalubres, on déplaçait aussi des entreprises pour faire du neuf, du beau, du nécessaire – à ce que disaient les élus.

Il vit arriver de beaux messieurs mandatés par la mairie qui l'informèrent du grand projet. Expropriations ou négociations se profilaient à l'horizon.

Romain Detoutlieu rendit visite à quelques Auvergnats de la capitale férus d'immobilier et à un avocat, lui-même originaire du pays. Un Auvergnat n'est jamais seul à Paris.

— Tôt ou tard, il faudra négocier !

Alors, il décida de se montrer coopératif, prépara un plan et établit une proposition. S'il se montrait conciliant sur la cession de son bien, il demeurait intraitable sur les conditions financières, tentant le tout pour le tout, exigeant d'être reçu par les plus hautes autorités, les décideurs. « Nom de Dieu, s'ils veulent mon affaire, il faudra qu'ils la paient, et moi seul fixe le prix ! »

Après maintes réunions et palabres où Romain ne cédait pas un seul franc, devant la nécessité d'en finir sans scandale, l'affaire fut enfin conclue : à charge pour les acquéreurs de régler toutes indemnités de licenciement à ses ouvriers. Son avocat le félicita, n'ayant jamais vu une affaire de ce genre aussi bien menée, face à la meute habituelle qui traite ces problèmes fort douloureux.

Un an plus tard, le jeune quinquagénaire se retirait en Auvergne, le compte en banque garni de manière inespérée. Seul.

Il revenait vers son ami Alfred, loin de Paris, et d'une vie qu'il n'avait sciemment choisie que pour un temps, mais qui l'avait entraîné sans l'en prévenir au-delà de la cinquantaine.

La vie en Auvergne semblait lui convenir désormais, et le statut de vieux garçon qui se profilait ne paraissait pas le gêner.

Alfred n'habitait plus à Clermont-Ferrand mais à Besse. Son père mort, il vivait avec sa mère dans la maison de famille de celle-ci.

Romain, voulant se rapprocher de son ami, décida d'acheter la maison de son vieil oncle à Besse, bâtisse qu'il restaurerait lui-même. Cette habitation, en fait celle de son grand-père, autrefois cédée dans un arrangement de famille, était redevenue disponible par le hasard. Une chance exceptionnelle !

Par ailleurs, il trouva sans difficulté des locataires pour sa maison de Clermont, sur les côtes de Chanturgue.

Dans les premiers mois qui suivirent son retour, il prenait demi-pension au restaurant de la place. « Le temps de s'installer », se plaisait-il à dire. Dès lors que ses habitudes s'enracinèrent, il lui fut fort difficile de les modifier et, accoutumé, il ne se résigna pas à les bouleverser. Pour le petit déjeuner et le dîner, il se débrouillait seul, et tout allait bien ainsi. La serveuse du café de la place éprouva bientôt une attirance et une préférence pour Romain, qui semblait indifférent. Ses amis le charriaient ; il souriait.

— Elle n'a jamais vu des yeux comme les tiens, des yeux pâles et clairs qu'elle voudrait pour elle seule. Elle finira bien par t'avoir un jour !

Il y avait un habitant de plus à Besse et deux amis réunis comme autrefois.

La longue et laborieuse restauration de sa demeure achevée, il se consacra à la sculpture sur bois. Après la fabrication de premiers objets anodins, il réalisa deux statues représentant ses parents. L'une représentait un homme qui regarde l'horizon, se protégeant les yeux des rayons du soleil, et l'autre une femme portant un panier au bras. Ces deux sculptures – gardiennes de la maison – étaient faites de bois de pommier. Que de travail, que d'heures de patience pour ces personnages, qui ne seraient jamais tout à fait terminés dans l'esprit du sculpteur ! Mais l'artiste ne comptait pas son temps.

Les journaux de 20 heures, quelques films et les reportages animaliers occupaient ses moments d'oisiveté. Quant au téléphone, il ne sonnait presque jamais. Il recevait *La Montagne* chaque jour par la poste. Sa lecture quotidienne. Dans un placard se cachaient bon nombre de livres sur la région, histoire et documents.

Alfred et lui se voyaient fréquemment, certaines semaines presque tous les jours. Bien souvent, le dimanche, la mère d'Alfred l'invitait à déjeuner. Elle critiquait tout le monde, mais Alfred et Romain ne lui en voulaient pas. N'ayant que ce fils, avertie après une première naissance qu'elle n'aurait pas d'autre descendance, elle en demeurait amère et meurtrie. Heureuse cependant que Romain soit revenu au pays. Elle disait dans ses bons jours qu'elle avait deux fils... Ces deux-là s'entendaient comme larrons en foire et n'auraient manqué pour rien au monde leur participation aux monstrueuses ripailles de la fête du Cochon, le 1er février, à Besse.

Curieux et amateurs venaient des environs et même de Clermont pour participer à la fête de la « cochonnaille » !

Bonnes tables et bons vins perpétuent les traditions... Coutumes ? habitudes ? Qu'importe ! Cette journée savait réunir, sinon les gourmets, du moins les gros mangeurs et les bons vivants !

3

Le Pavin

Agacé par les plaisanteries de Jalin, au café, à propos de cette femme qui passait tous les jours près de sa maison et bien souvent s'approchait du propriétaire, Romain réfléchissait à la manière d'y mettre un terme.

Si Émilie paraissait parfois déguisée, les cheveux enveloppés dans un foulard coloré ou sous une casquette de toile ou un chapeau de paille, elle n'en paraissait que plus belle. Jeans délavés, T-shirt vague ou pull et baskets – bref, une tenue décontractée. Aguichante ? De plus en plus !

Depuis son arrivée, sans trop s'en rendre compte, Romain devenait attentif à sa tenue. En outre, sa maison était mieux rangée qu'à l'ordinaire...

Ce jour-là, le regard de Romain s'attarda sur les mains d'Émilie, gracieuses, aux doigts longs et fins, aux ongles parfaits.

« Que fait-elle dans la vie, pour avoir des mains aussi belles ? songea-t-il. Probablement pas de travaux manuels, surtout pas de la campagne ! »

Ses bras découverts, sa peau couleur de miel paraissaient d'une douceur infinie. Son bermuda lui couvrant à peine les genoux, elle offrait au regard de l'homme des jambes et des chevilles parfaites.

« Romain, ne sois pas ridicule, ce n'est plus de ton âge, et puis... »

Mouche, habituée à cette présence quasi quotidienne, ne manifestait plus sa mauvaise humeur aux passages de la jeune femme, contrairement aux premiers jours. Le chien se voyait gratifié de temps à autre d'une caresse furtive et Romain se rendait bien compte qu'Émilie passait souvent devant chez lui, pour ne pas dire davantage.

Elle lui souriait et il acceptait gentiment ces agaceries. Il aurait voulu observer son visage, longuement, mais la correction et la pudeur l'en empêchaient. Lorsqu'elle se retournait, il ne pouvait qu'admirer sa nuque, qu'il eût été en peine de décrire, les mots lui manquant. Petits mystères de femmes qui vous troublent.

Tous deux échangeaient diverses appréciations sur les paysages des alentours, parfois sur le lac Pavin, à quelques kilomètres de la ville.

Pour se rendre chez Romain, elle passait devant une maison d'où s'échappaient parfois, par la fenêtre ouverte, des sons d'accordéon, d'anciens refrains. À part un visage de vieille femme, elle n'y avait jamais aperçu âme qui vive. Elle ralentissait le pas pour apprécier et profiter plus longuement de la musique, mais n'osait s'arrêter. Romain dut l'informer qu'Alfred, paraplégique, jouait pour son plaisir ou par nostalgie. Il lui dit aussi qu'il était son ami d'enfance. C'était Alfred qui l'avait baptisé « Departout ». Il lui révéla son vrai nom : Detoutlieu.

— Detoutlieu ? dit-elle en souriant, et vous êtes devenu Departout ? Vous n'avez pas protesté ?

— J'ai trouvé ça original. On a bien fait quelques plaisanteries avec ce sobriquet auprès des filles. Puisque j'étais Detoutlieu, je pouvais être Departout d'après Alfred, et Alfred est mon ami. Comme je n'aimais pas mon nom lorsque j'étais enfant, j'ai considéré cette trouvaille intéressante.

— Departout, quelle invention ! s'étonna-t-elle. Excusez-moi, je ne peux m'empêcher de sourire.

— Je reçois même mon journal à ce nom. Toujours Alfred, un pari... Mais puis-je vous demander comment vous avez « atterri » ici, à Besse ?

— C'est tout simple. Une collègue de travail qui connaît bien cette région d'Auvergne – elle vient ici pour les sports d'hiver, à Super-Besse, à côté – m'a indiqué ces merveilleux paysages. « Les rayons du soleil, m'a-t-elle même confié, percent les nuages et plongent sur les anciens volcans, ajoutant au panorama un caractère indéfinissable, sans que l'on puisse dire ni comment, ni pourquoi ! »

— Bigre ! fit Romain, tout en jetant un regard admiratif sur les environs, sans pouvoir ajouter aucun commentaire.

Seul le hasard avait donc envoyé cette Parisienne ici.

— Elle est là comme elle aurait pu être ailleurs, disait Romain à Alfred. Ma maison lui convient pour ses photos, et cela ne me dérange pas.

— J'aimerais bien la voir, tout de même, cette jeune femme, on dit qu'elle est très... Une belle plante quoi !

— Tu sais déjà ?

— Jalin me l'a appris, tu sais comment il est. Les peaux mates...

— Elle n'est pas d'ici, c'est sûr, mais ça n'empêche pas que c'est une jolie fille !

— Avoue qu'elle te plaît... et que le Jalin, il t'ennuie quand il en parle.

— Elle aime bien entendre ta musique quand elle passe devant ta maison. Tu la charmes, m'a-t-elle avoué... Elle m'a posé des questions sur toi, se demandant pourquoi le musicien n'apparaît jamais à sa fenêtre.

— Amène-la un jour, on prendra le pot de l'amitié. Et le Jalin, il en crèvera de jalousie. Je pourrais bien venir chez toi, mais je ne voudrais pas faire le curieux, tu comprends ?

— Ne t'en fais pas, tu la rencontreras, promis. C'est une femme comme tant d'autres, elle n'est pas ma propriété !

— Comme tant d'autres ? En es-tu bien sûr ? Tout à fait certain ? reprit Alfred avec un regard malicieux.

La mère, « Madame Marthe », qui n'avait rien dit jusque-là, se décida :

— Ce n'est peut-être pas la peine de la faire venir ici. D'après ce que l'on dit, ce serait une...

— Ne vous inquiétez pas, les gens sont benêts. Faut être de son temps. On parle de construire l'Europe, oui ou non ?

— L'Europe ? On n'est pas prêt à voir ça, ici ! Je ne sais même pas ce que ça représente, ni ce que ça veut dire précisément.

L'idée de la présence de cette femme dans sa maison éveillait une crainte chez Marthe.

Un autre jour de pluie, Romain pria Émilie, une fois encore surprise par l'averse, de se mettre à l'abri chez lui.

Elle observa discrètement le lieu, une maison d'homme. Une grande pièce où le bois dominait. Aménagé à droite, un coin cuisine en chêne clair, avec une petite table rectangulaire. Sur la gauche, un salon-salle à manger, toujours en chêne, qu'un magnifique bahut complétait. Trois belles chaises entouraient une table circulaire. Dans l'angle, une superbe cheminée, avec ses chenets, attendait l'hiver, en compagnie de deux gros fauteuils recouverts de velours à grosses côtes. Une seule photo sur le buffet, celle de ses parents peut-être, et puis la maîtresse de maison : la pendule comtoise – un héritage familial sans doute. Émilie l'avait entendue depuis l'extérieur marteler les heures de son marteau mécanique.

Tous deux, embarrassés sans doute, se plantèrent là, derrière la fenêtre. De grosses gouttes s'écrasaient sur les vitres. Le chien s'était rangé sous la table et ne grognait pas. Seul le bruit de l'averse habitait la pièce. Dehors, le vent affolait les clématites, et la pluie douchait froidement les corolles des fleurs. Derrière les carreaux, deux silhouettes se tenaient côte à côte, leurs mains se frôlant parfois, leurs regards fixés sur cette brume envahissante et toute proche, mêlée à la pluie.

Lorsqu'elle cessa, un dialogue s'instaura enfin, brisant un silence incommodant. Il l'invita à prendre place, désignant l'un des fauteuils, et lui proposa un café qu'elle accepta. Elle parla de sa passion, puis de sa vie à Paris. Travaillant dans une société de production cinématographique, elle participait à la rédaction de scénarios. D'autre part, elle avait pris des cours de photographie et, depuis, elle se passionnait pour cette discipline, un divertissement enrichissant.

Elle avait déjà réalisé une exposition et projetait de continuer.

— Voilà, vous savez tout.

Romain écoutait et ne posait pas de question. Il avait la certitude qu'il manquait bien des pages à sa biographie. Mais de quel droit aurait-il formulé des interrogations ?

Ils parlèrent encore longtemps et projetèrent d'aller visiter le lac Pavin le lendemain.

— Prenez de bonnes chaussures, Émilie, c'est préférable !

Émilie montra quelque réticence à l'invitation de Romain, qui lui proposait de l'emmener dans sa voiture. C'était bien entreprenant de sa part. Elle trouva la formule :

— Ne pensez-vous pas que certaines personnes risquent de parler à tort et à travers, si elles me voient dans votre voiture ?

— Voilà une situation qui les distraira, dit-il en éclatant de rire. Je suis célibataire et, de plus, je n'ai pas mauvaise réputation, je vous assure. Avez-vous peur de moi ? ajouta-t-il, avec son sourire charmeur. Si vous avez le moindre doute, que chacun prenne sa voiture.

— Moi aussi je suis célibataire, renchérit-elle, partageant sa bonne humeur.

Puis, en le regardant de biais :

— Je sais qu'il y a des loups dans le pays...

— Vous retardez de quelques siècles, répondit-il en se pâmant de rire.

Transportant ses trois passagers – Mouche ayant suivi –, la 4L avait pris la route et avalait tranquillement les quelques kilomètres qui séparaient Besse du lac. Elle grimpa la dernière côte, laissa sur sa gauche la petite route qui sinue vers l'estive bessarde, et se gara sur le modeste parking qui accueillait les visiteurs, face au lac et à la seule habitation des lieux, un hôtel-restaurant avec terrasse. Sur la droite, le puy de Monchal dominait le panorama.

Au cœur du Parc naturel des volcans d'Auvergne, le lac [1] se présentait aux visiteurs,

1. Le lac Pavin, célèbre maar d'origine volcanique, situé à 1 197 mètres d'altitude, s'étend sur 44 hectares et atteint 92 mètres de profondeur.

presque au niveau du parking, entouré de sapins, d'épicéas et d'une splendide hêtraie séculaire qui plongeait une partie de ses racines dans ses profondeurs.

Muette d'étonnement, Émilie inventoriait l'espace de son regard qui allait de gauche à droite et de droite à gauche.

— C'est très beau. Est-ce une propriété privée ?

— Les communes de Besse et Saint-Anastaise en sont propriétaires. Les écritures indiquent que Catherine de Médicis, comtesse d'Auvergne et Dame de Besse, en fit donation à sa bonne ville. L'important, c'est qu'il soit un lieu public pour tous ceux qui le désirent, et les Bessards en sont très fiers.

— En route !

Un chemin de randonnée assez abrupt à son début en dessinait le périmètre, parfois à un mètre seulement de la berge. Les visiteurs entreprirent son contour en commençant par le côté nord. Déjà quelques énormes blocs de pierre, entassés là par hasard, compliquaient à souhait le passage. Les regards, déjà haut perchés, découvraient cette surface de forme circulaire de couleur émeraude, céruléenne, immense miroir à donner des frissons où tantôt le vert domine sur le bleu, tantôt le bleu sur le vert. Un cratère rempli de ciel, prêt à déborder ! Émilie et Romain parlaient assez peu tandis que le chien furetait dans tous les recoins, infatigable et fou de joie.

Ici, Émilie manqua de tomber et Romain la rattrapa en lui saisissant la main. La surprise de ce premier contact physique imprévu créa un léger trouble qui les figea dans leur attitude un court moment... Sourires ! Puis ils continuèrent leur marche.

Romain connaissait bien cette promenade et avouait y consacrer de longs moments. Il racontait à Émilie comment il aimait s'asseoir sur les gros rochers d'où l'on domine le sommet des arbres poussés au ras de l'eau, et méditer, été comme hiver, accompagné de Mouche. Le guide Departout donnait ici tous les renseignements qu'il connaissait sur le Pavin, joyau des lacs d'Auvergne, un site extraordinaire. Pas de baignade, pas de voile, mais quelques barques et pédalos autorisés. La pêche à la truite fario et arc-en-ciel ainsi qu'à l'omble chevalier se pratiquait ici.

— Si beau que soit le lac, on dirait une profonde prison d'où rien ne peut s'échapper, confia-t-elle.

Surpris par cette affirmation, Romain sourit et continua :

— Lors de l'éruption du volcan, il y a sept mille ans, Vulcain se serait échappé dans le fond, par la cheminée centrale, et le ciel aurait rempli le cratère d'eau pour qu'il ne revienne pas... Voilà ce qui se dit.

Émilie s'amusait de ces mythes et légendes.

Après quelques instants de pause, comme pour ne pas briser le lien de la conversation, il revint à son propos :

— Bien des histoires entourent cet ancien volcan devenu lac, qui est un des plus jeunes d'Auvergne. Elles disent qu'un village y fut englouti, que des bêtes et des attelages y sombrèrent. Il n'est pas rare qu'un baigneur imprudent y disparaisse encore de nos jours. On dit aussi que, si l'on veille jusqu'au petit matin près du lac, une sensation inexplicable pénètre jusqu'au tréfonds de vous.

Étonnée, Émilie regardait Romain, attentive et cependant souriante.

Le chien prenait de l'avance et rencontrait quelque compère en liberté tandis qu'Émilie, peu bavarde, observait ce miroir d'émeraude irisé par une brise venue, telle une ingénue, de l'échancrure des collines.

Puis le sentier de terre tendre se décorait du relief des racines arrachées aux ténèbres de la terre lors d'orages violents, à moins que ce ne fût aussi de l'usure naturelle. Elles étaient là, les extrémités solidement fichées dans la terre, tels des doigts longs de sorcières, tortueux et ancrés au sol, entrelacés, ramifiés, formant un étrange réseau. Vivantes, de plus en plus grosses dès qu'elles se rapprochaient du tronc, elles puisaient profondément la vie pour la conduire vers le ciel et le soleil. Mouche reniflait entre ces racines, peut-être l'odeur d'un animal passé par là depuis peu : un rat, un écureuil, un sanglier, un renard ?

Ils surplombèrent le lac quelques instants encore. La marche les conduisit vers la petite cascade qui, fièrement, traversait le chemin entre les pierres disposées par des mains d'hommes. Elle venait de plus haut, réunion de quelques sources dévalant la colline entre des rochers et des fougères, un maquis verdoyant près de ses éclaboussures où son onde claire et froide désaltérait tous les êtres vivants et assoiffés passant par là. Quelques arbrisseaux, des sorbiers, des églantiers, des framboisiers, des airelles, des fougères, des noisetiers s'étaient emparés des quelques espaces de lumière oubliés des grands arbres.

— L'on demeure muet face à ces lieux étranges et silencieux, convint-elle.

— Il n'y a qu'à regarder. Moi qui connais assez bien l'endroit, je m'émerveille encore, dit Romain. J'aime aussi y venir en plein hiver. Lorsque la neige tombe, en lourds flocons désordonnés, apparaît un spectacle unique. Si les taillis et les branches des arbres la retiennent, l'eau du lac l'accapare, la dissout un moment, jusqu'à plus soif, puis la colmate sur la surface qui se trouble alors. Le lac perd sa couleur et cette fade pâleur vous grimpe alors parfois jusqu'à l'âme...

Étonnement d'Émilie. Voulait-il l'ensorceler, la séduire ? Sans doute. S'y attendait-elle ?

La voie devenait plus large, plus sage, les cailloux rares et la verdure des abords plus fournie, vers cette seconde moitié du parcours. Les eaux prenaient d'autres tons. Une humidité temporaire rendait le passage bourbeux. D'énormes aulnes traquaient les vieux hêtres sur le côté sud, terre à la pente plus douce, sensiblement plus propice à leur pousse. L'on croisait des promeneurs en sens inverse et que l'on saluait ici plus amicalement qu'ailleurs. Il semblait que les gens fussent assez respectueux de ce lieu, où d'impressionnantes bombes de lave apparaissaient sur le côté nord, comme voulant se libérer de la terre. Le bord du sentier, qui s'écroulait par endroits, leur laissait tout loisir d'observer. Le chemin s'aplanissait vers la Pierre carrée. Déjà, l'auberge proche s'apprêtait à accueillir les marcheurs qui revenaient, heureux de connaître mieux – disaient-ils – ce lac mystérieux.

Encore un regard vers des recoins où dormaient de beaux silences d'émeraude sous quelques arbres à demi noyés... Sérénité, émerveillement !

Émilie rangeait dans sa tête et peut-être dans son cœur les couleurs et les sensations dont elle s'était imprégnée. Ils s'installèrent à une table et commandèrent des rafraîchissements.

— Voilà donc notre Pavin ! Qu'en pensez-vous ?

— L'endroit est superbe, on dirait une coupe tranquille remplie à ras bord.

— Il y a bien d'autres lacs par chez nous. L'Auvergne en compte un nombre surprenant, mais il n'y en a pas deux comme celui-là.

— L'eau est souvent la richesse d'un pays, mais j'aime les eaux libres des ruisseaux et des rivières, ne m'en veuillez pas. Je n'aime pas les...

— L'eau ne s'arrête jamais. Si l'alimentation du lac est en majorité d'origine phréatique, l'eau s'enfuit doucement comme elle vient : voyez le trop-plein qui s'échappe à l'émissaire[1], cascadant sous le talus en contrebas. Il rejoint le ruisseau qui serpente à travers les prairies et s'y mêle pour continuer son chemin, en s'éloignant de l'auberge du Gelât.

---

1. Ici le débit est de mille à mille cinq cents litres par minute.

— Je préfère les grandes rivières, la Loire par exemple.

— La Loire naît à quelques heures de route d'ici, au mont Gerbier-de-Jonc.

— À quelques heures, dites-vous ?

— Oui, et c'est une belle promenade.

— La Loire ! J'aimerais tant voir sa source avant mon retour à Paris. J'ai visité quelques-uns des châteaux qui ornent son cours, mais, à cela, je n'y avais jamais songé.

— Me permettriez-vous de vous y conduire ? Ce serait une belle expédition et Mouche serait ravie. J'ai tout mon temps, vous savez.

Émilie, malgré son envie de découvrir l'endroit, hésitait à acquiescer sur-le-champ. Elle sentait qu'il se passait quelque chose entre eux et cette hésitation le lui révélait davantage encore.

La même route qui les avait conduits au lac les ramena à Besse vers midi. Les mains d'Émilie devenaient pour Romain une obsession. Elle le troublait.

Son regard s'attardait sur sa peau, jusqu'aux minuscules reliefs et aux ombres que dessinait la lumière sur le dessus de ses mains. Cette créature sensuelle le fascinait chaque jour davantage.

Alors qu'il déjeunait comme à son habitude au restaurant, Solange lui parla d'Émilie.

— Vous acceptez cette fille chez vous, Romain ? Vous avez vu son genre ? Vous n'êtes pas difficile, vous aurez des surprises, je vous croyais plus...

Il sourit et garda le silence.

— Jalin m'a dit qu'elle tournait autour de vous... Puis, se penchant près de son oreille :

— Je vous attends depuis longtemps, si vous vouliez... et puis, je suis d'ici, moi, nous pourrions faire des projets...

— Je sais, répondit Romain, je sais. Ne vous inquiétez pas, je suis assez grand pour me défendre.

— On dit ça... Vous faites un drôle de couple. Des filles comme elles recherchent l'aventure, c'est bien connu. Moi, à votre place...

— Nous sommes allés au Pavin. Vous savez que j'aime le Pavin. Je voulais le lui faire connaître. À Paris, on est loin des spectacles de cette sorte, je sais de quoi je parle.

Avait-il besoin de se justifier ainsi ? Que lui passait-il par la tête ?

— Quand part-elle ?

— Je ne sais pas, elle ne me dit pas tout. Ça nous fait un peu de compagnie, à Mouche et à moi, et ça ne nous déplaît pas !

— Vous me prenez pour une idiote ? Je fais tout ce que je peux pour vous, Romain, et vous ne voyez rien, dit-elle en reposant un verre si fort sur le comptoir qu'il se brisa.

Le geste en disait long sur sa colère et ses yeux sur sa jalousie. Romain ne bronchait pas, sa pensée flottant ailleurs. Juste un léger rire sous cape.

Chez Alfred, Mme Marthe offrit le café, tandis que Departout, souriant, rapportait les propos de Solange.

— Elle a une réaction tout à fait normale, Romain. Elle te court après depuis longtemps. Tu l'ignores, et on te voit avec cette femme te balader, et de plus souvent vers chez toi.

— Elle ne me gêne pas, bien au contraire, et tous ces propos mettent un peu d'animation au café ! On parle d'Émilie !

— Tu dis qu'elle s'appelle Émilie ?

— Oui, Émilie Martenet.

Alfred jeta sur lui un regard interrogateur.

— Je m'attendais à un nom d'une consonance différente. Jules Ferry l'a croisée l'autre jour et m'a dit qu'elle était fort belle, ce que je savais déjà puisque tu me l'avais dit, n'est-ce pas ?

— Oui, plus que belle, Alfred. Si j'étais jeune...

— Tu as le béguin pour elle, alors c'est vrai ? Si au moins elle avait ton âge et si elle était de... de par ici, dit la mère. Méfie-toi, Romain, méfie-toi.

— Me méfier de quoi ? Marthe, je vous demande un peu ? De quoi voulez-vous me préserver ? Vous connaissez mon âge !

— Avec ce genre de femme, tu sais... Ça ne me regarde pas après tout, dit-elle en retournant à son ménage.

— C'est ça, maman, ne t'en mêle pas. Alors raconte un peu, Departout, cette balade au Pavin ?

— Elle n'aime pas les eaux profondes, peut-être en a-t-elle peur ! Les couleurs du lac lui ont tout de même plu.

— C'est une artiste. Avec ces gens-là, tu ne sais pas où tu mets les pieds, mais il me semble que tu en deviens amoureux !

— Je n'arrête pas de la regarder. Je suis ridicule mais c'est plus fort que moi, tu sais, à toi je peux le dire, je n'ai jamais vu une pareille fille ! Vrai qu'elle m'attire...

— Amène-la, je te l'ai déjà demandé, si tu veux bien.

— Entendu ! Tu joueras un air d'accordéon, elle en sera ravie. Attention de ne pas en tomber amoureux toi aussi, conclut-il en souriant.

Le soir même, alors qu'Émilie avait ouvert le coffre de sa voiture et s'en était éloignée une ou deux minutes pour déposer à son appartement quelques affaires, une main assassine armée d'un couteau vint endommager le véhicule en perçant deux pneus. Émilie vit bien une silhouette s'enfuir, mais trop tard. Ce soir-là, la photographe sut qu'elle avait une ennemie à Besse et l'avait identifiée.

4

La reine Margot

Onze heures passées ! Émilie, apercevant Romain dans son jardin, se dirigea vers lui.

— Le pays n'est pas de tout repos, je suis épuisée.

— Vous n'arrêtez donc jamais ? Les vacances, c'est pour la détente, le relax !

— Je prends un grand plaisir à photographier, et puis je n'aime pas perdre le temps. C'est précieux, le temps. Parfois j'en fais trop, je le sais.

Elle lui demanda aimablement un verre d'eau. Romain l'observait. Émilie le subjuguait.

Elle se désaltéra et dit :

— Merci Romain. Bon, cet après-midi, j'irai flâner au village.

— En ville, voulez-vous dire ? Vous tombez bien, mon ami Alfred voudrait vous connaître. Vous savez où est sa maison ? Alors, vers cinq heures ce soir, nous irons le saluer, voulez-vous ?

— Pourquoi pas, je connaîtrai enfin celui dont j'écoute parfois la musique. Cette invitation me plaît.

— Je vous préviens, sa mère est un peu méfiante, soupçonneuse, mais foncièrement bonne. C'est une vieille mère qui n'a que ce fils. D'un côté nous ferons taire les rumeurs et d'un autre nous en attiserons de nouvelles. Je vous retrouverai donc devant sa maison à cinq heures, si ça vous convient ?

— Entendu, merci de votre gentillesse, et de vous occuper un peu de moi, aussi. Savez-vous que j'ai rêvé du lac cette nuit ? Il s'était enfui par on ne sait où, et le petit ruisseau était devenu une grande rivière. Vous devez me prendre pour une folle, n'est-ce pas ? Je souhaiterais voir ce lac la nuit, ce doit être étrange, mais je dois vous avouer que j'ai un peu la frousse. Je ne suis pas très courageuse dans l'obscurité.

— Il est vrai que l'imagination met en route des mécanismes inhabituels. Les bruits prennent alors une grande place et le monde des chimères est tout proche. Lorsque la nuit fait taire la brise, la surface du lac cherche à s'approprier la clarté de la lune ou la minuscule brillance des étoiles, comme un grippe-sou. Il semble qu'entre le ciel et l'eau on n'existe plus.

— Vous me fichez la trouille avec tous ces mots... Je ne suis pas très courageuse, je vous l'ai déjà dit, alors la nuit c'est encore pire.

— Je souhaiterais que nous parlions un jour plus longuement... Tenez, dès que nous irons au mont Gerbier-de-Jonc... Après-demain par exemple, cela vous plairait-il ?

— Allez, d'accord pour après-demain. À une condition, cependant...

— Quelle condition ?

— Nous irons avec ma voiture !

Romain sourit puis s'en alla vers le village faire quelques emplettes et prendre son déjeuner habituel au restaurant.

Il aperçut Jalin et Solange en grande conversation. Il s'installa à sa table habituelle et attendit qu'on s'occupât de lui. Solange, plus radieuse qu'à son habitude, intrigua Romain. Elle se montrait provocante et sûre d'elle, ce qui eut pour effet d'irriter Departout.

— Que vous arrive-t-il, Solange, vous êtes bien joyeuse aujourd'hui ?

— Comment va votre protégée ? Je crois qu'elle ne restera pas longtemps ici, d'après ce que l'on dit, lâcha-t-elle avec un air bêtement supérieur.

Surpris, Romain demeura songeur et ne put retenir un haussement d'épaules.

Sans accorder trop d'importance à ces propos, qui le tracassaient cependant, il prit son repas comme à l'accoutumée.

La maison d'Alfred n'étant pas loin, il passa l'informer de la visite qu'il aurait le soir même. Alfred fut enchanté, Marthe pinça les lèvres. Romain rentra ensuite chez lui, toujours accompagné de Mouche, qui craignait la chaleur suffocante. Les murs de pierre réfléchissaient l'excès de lumière dispensée par un soleil ardent. Les lézards collaient leur ventre aux murs brûlants, guettant les mouches imprudentes et étourdies par le soleil.

Romain aimait retrouver le calme de sa maison, sa paix, ce doux silence heurté seulement par le mécanisme de sa vieille amie, la pendule. Il s'accorda une sieste, savourant ainsi l'un des plaisirs simples de la vie.

Allongé sur son lit, non dévêtu, il pensa à Émilie, se moquant du qu'en-dira-t-on. Il se souvint d'une réflexion qui le fit sourire : « Vous faites un drôle de couple. » Son bras sous sa tête, il lorgnait le plafond qu'il connaissait pourtant dans tous ses détails. Il arrangea ses cheveux, machinalement, et s'endormit.

Il se réveilla vers 16 h 30, se versa un grand verre d'eau qu'il but d'un trait, vérifia que Mouche avait aussi à boire et se prépara pour la visite prévue, marmonnant entre ses dents comme il le faisait parfois :

— Je ne sais pas ce que je fais pour cette femme, je dois être ridicule aux yeux de tout le village... Et pourtant rien ne t'arrêtera, le problème est là, mon pauvre Romain. Tellement séduisante !

Il prit une bouteille de vin de sa réserve, la roula dans une feuille de journal et partit à la rencontre d'Émilie, quelque part dans la ville.

Quelle ne fut pas sa surprise quand il la vit les cheveux défaits, retombant sur ses épaules ! Un tee-shirt noir sur un pantalon de toile écrue très souple l'habillait, des espadrilles noires la chaussaient.

— J'ai failli ne pas vous reconnaître ! Cela vous change et pourtant...

— Est-ce que cela vous plaît ?

— Vous êtes ravissante, ajouta-t-il, rayonnant.

Elle percevait dans son regard une expression plus qu'agréable. Il changea de sujet, comme pour chasser son trouble :

— Il n'y a que des maisons de pierre ici, à l'image des remparts du château. Tout paraît d'une solidité à toute épreuve, à tout climat. Ça rassure et ça surprend en même temps.

Elle approuva et il reprit :

— À une certaine époque, il y eut plus de trente tailleurs de pierre à Besse. Ils firent du bon travail, n'est-ce pas ?

Elle regardait l'homme, la force qui émanait de cette carcasse dont le charme bien vivace opérait sur elle. La rue montait durement – Besse n'est pas bâti sur une plaine, tant s'en faut.

— Alfred ne peut pas venir chez moi, vous comprenez maintenant pourquoi. Je vais le chercher de temps en temps en voiture et l'emmène à travers le pays. Nous dînons chez moi, nous nous racontons une fois de plus nos histoires de garçons. Le passé, toujours le passé... C'est tout ce qui nous reste.

Des grappes de touristes déambulaient ce jour-là dans les rues étroites, observant, photographiant, envahissant les marchands de cartes postales. Des connaissances saluaient Romain, certaines surprises de le voir en si charmante compagnie.

Vêtu d'une chemisette à carreaux vert et marine et d'un pantalon de toile beige, Romain portait fier. Ses chaussures, plus légères qu'à l'habitude, lui donnaient belle allure. Mouche, elle, paraissait heureuse de cette sortie.

La porte était entrouverte. Romain frappa trois coups et attendit. Alfred apparut dans son fauteuil roulant, un grand sourire illuminant son visage. Il était de forte corpulence, avec un visage rond et coloré, quelques cheveux gris et courts. Des yeux qui savaient accueillir. Il portait un gros gilet de laine qui aurait pu être d'une ou deux tailles supplémentaires, sur une chemise foncée au col ouvert, avec un pantalon style bleu de travail. Il avait aux pieds de surprenantes charentaises qui complétaient assez bien son allure de personnage rond et sympathique.

Romain s'approcha, puis s'effaça légèrement et dit :

— Je te présente Émilie. Tu l'enchantes par ta musique quand elle passe près de ta maison.

— Bienvenue chez les Goutteviau ! fit Alfred en tendant la main. Enfin je vous découvre !

— Bonjour, monsieur, je suis ravie de vous connaître aussi.

Puis les deux hommes se serrèrent eux aussi la main et tous entrèrent dans la pièce principale. Romain, en habitué des lieux, posa son présent sur la table, discrètement. Une ombre bougea dans le fond de la salle.

— Je vous présente ma mère, nous vivons ensemble dans cette maison.

— Bonjour madame, dit Émilie.

Marthe répondit par un simple bonjour, aussi maigre que sa personne. Elle portait une robe-tablier anthracite qui tombait sur ses bas gris, et des chaussons usagés. Le coup d'œil qu'elle lança à Émilie, nullement surprise, en disait plus qu'un long discours. Marthe la jugeait trop avenante. N'était-elle pas sans doute une dévergondée ?

Puis, la conversation s'engagea, grâce à la bonne humeur des hommes.

— Je voudrais bien vous offrir quelque chose…, dit Alfred.

— Fais-nous donc un café, reprit Romain.

— Laissez donc, je sais bien encore m'en charger, répondit Marthe, surprise par son propre embarras.

Le ton de sa voix frisait l'hostilité. Ou peut-être tout ceci ne cachait-il que maladresse ?

Alfred fit un signe d'apaisement, indiquant qu'il fallait être indulgent avec sa mère. Émilie avait été prévenue.

Comme souvent à la campagne, la grande pièce servait à la fois de cuisine et de salle à manger. Une lourde cuisinière blanche en fonte émaillée s'imposait, avec son tablier reluisant sous l'effet d'un lustrage quotidien et son tuyau coudé en aluminium, parmi les meubles en bois blanc et le buffet de couleur crème, comme les murs et le plafond. Une longue étagère murale, bordée d'un décor de toile festonnée à la main, dominait le plan de travail équipé d'un évier traditionnel. Un carrelage beige habillait le sol. Il y avait une table et trois chaises au centre et, sur la gauche, un coin détente avec deux fauteuils et une table basse garnie de fleurs, devant la télévision. Net, propre, simple.

C'était comme l'on dit une maison de ville, mitoyenne, avec une petite fenêtre côté cuisine et, de l'autre, une ouverture plus grande. Émilie et Romain avaient été priés de s'installer confortablement. Alfred entretenait la conversation.

— Alors, vous êtes photographe... Et comment trouvez-vous notre région ? Ça doit vous changer de Paris ?

— Certainement, tout est bien différent. Je découvre l'Auvergne et je peux vous dire qu'à Paris on n'en connaît rien, sauf quelques Auvergnats eux-mêmes. Je suis heureuse d'être venue, croyez-moi. Je regrette même de...

Elle s'arrêta subitement, comme prise de remords. Alfred reprit :

— La maison de Romain Departout est très belle et si bien fleurie. Je sais que vous ferez de superbes photos.

— J'ai eu la chance de la découvrir et j'en suis ravie. Toutes ont leur charme, mais celle-ci... Et puis je travaille avec mes sensations, je dirais presque avec mes sentiments.

— Et le propriétaire est charmant, n'est-ce pas ? Je peux vous le dire, parce que Romain est mon ami depuis...

— Oh ! répondit la mère, qui n'avait presque rien dit jusque-là, ces deux-là se connaissent depuis toujours ! Ça n'empêche pas qu'ils se chamaillent encore, je crois que ça ne leur passera jamais.

Romain sourit tandis que le café arrivait, porté par la mère, qui avait ouvert une boîte de biscuits.

Une vieille habitude. Émilie voyait bien que Marthe restait sur une prudente réserve.

— Vous nous gâtez… Merci, madame.

— Ce n'est pas grand-chose, répondit la vieille femme, avec cette manie de minimiser les choses que l'on offre.

— Pour moi c'est beaucoup, madame. Vous êtes la première personne ici à m'offrir un café.

Marthe reçut ce compliment avec surprise. Elle ne s'y attendait pas, ayant accueilli Émilie plutôt froidement.

Pour animer la conversation, Romain déclara :

— Après ce délicieux café, tu voudras bien nous jouer un peu d'accordéon, si ça ne t'ennuie pas ? Émilie aime bien t'entendre, et moi aussi, tu le sais…

— Avec plaisir ! On termine le café et je m'exécute. Tout spécialement pour vous, mademoiselle, et puis un peu pour nous tous. Viens t'asseoir, maman, ne reste pas dans ton coin.

La mère se fit un peu prier mais rapprocha sa chaise. Alfred s'éloigna, ouvrit la porte du fond, disparut un instant. Émilie, tout en regardant l'intérieur de cette humble maison, souriait. Son énigmatique beauté la rendait plus séduisante encore. Romain était fier de l'avoir présentée à son ami. Mme Goutteviau observait sans mot dire. Elle n'aimait pas les inconnus, surtout dans sa maison – c'était son caractère.

Alfred revint, l'accordéon sur les genoux.

— Je n'ai pas grande allure, mademoiselle, dans ce sacré fauteuil, mais lui et moi sommes inséparables.

Il termina sa phrase dans un bel éclat de rire, avant de se préparer. Marthe alla repousser un peu la fenêtre, tira la porte et rejoignit sa place. Passant près de Romain, elle lui effleura légèrement l'épaule en un geste tendre. Il le sentit.

Puis Alfred devint le maître des lieux. Tout doucement, il commença : « Sous les ponts de Paris », « La Valse brune », « La Java bleue ». Vieilles chansons, vieux refrains, certes, mais immortels.

Marthe fermait parfois les yeux. Elle pensait à son époux qui jouait aussi de l'accordéon, au temps de sa jeunesse. L'émotion la gagnait. Elle se ressaisit, digne, droite.

Romain, très heureux, tenta d'accompagner Alfred de la voix mais y renonça vite en laissant retomber ses bras le long du fauteuil.

Émilie s'imprégnait de cette nostalgie, de ces airs populaires oubliés des rues de Paris, et se sentait bien dans ce logis auvergnat. Elle cherchait en vain le regard de la mère d'Alfred, mais rencontrait bien souvent le sien. Romain marquait la mesure, battant le pied ou tapotant des mains sur les accoudoirs. Émilie remarqua plus distinctement, au travers d'un rayon de lumière qui s'était invité, combien les splendides cheveux blancs de Romain lui donnaient une allure de séducteur. S'adressant à Alfred, elle osa timidement :

— Pourriez-vous me jouer un air en particulier, s'il vous plaît ?

— Tout ce que vous voulez, mademoiselle, enfin tout ce que je puis jouer.

— « Les roses blanches », vous connaissez ?

— « Les roses blanches » ? Berthe Silva ? Vous aimez donc cette chanson ? Elle n'est pas d'aujourd'hui !

Émilie acquiesça d'un bref mouvement de tête et ajouta :

— Sur la butte Montmartre, on peut encore l'entendre dans certains lieux.

À cet instant précis, le regard de Marthe et celui d'Émilie se rencontrèrent en une fraction de seconde, mais ni l'une ni l'autre ne dit mot.

Alfred commença, trop heureux de donner du plaisir. Puis tout doucement, sans s'en rendre compte, Émilie entonna la pathétique et merveilleuse chanson, la fredonna... Marthe l'observait, surprise. Romain n'osait la regarder tandis qu'Alfred, conquis, redoublait d'enthousiasme, encourageant Émilie à continuer.

Son regard allait bien plus loin que l'espace de la pièce. Lorsque le texte la conduisit à dire : « Tu n'as plus de maman », elle s'arrêta. Ses cils étaient visiblement mouillés, et il lui fut impossible de continuer. Il est vrai qu'on ne peut entendre cette chanson sans être ému jusqu'au plus profond de soi. Confuse et embarrassée, elle ajouta :

— Merci beaucoup, je n'oublierai jamais ces instants. Excusez-moi, je suis ridicule...

Elle surmontait son émotion, séchait ses yeux par des gestes furtifs et parfois gauches.

— J'espère que nous nous reverrons avant votre départ, dit Alfred, notre porte vous est grande ouverte.

— Je ne sais pas, le temps passe si vite, et j'ai encore tant de choses à faire...

— Romain vous aurait-il parlé de la reine Margot ? de la visite qu'elle aurait faite à Besse ?

Marthe se leva et lança :

— Tu ne vas pas ennuyer mademoiselle avec cette histoire.

Puis, se tournant vers Émilie :

— Il se fait un devoir de la raconter à qui veut bien avoir la patience de l'écouter...

— Parce que je suis le seul à la connaître ! Mon grand-père me l'a confiée un jour comme un héritage. Oh ! je sais qu'on se chamaille toujours avec Romain à ce sujet, mais c'est quand même vrai !

— Je suis curieuse de savoir, la vie de cette reine de France passionne toujours. J'ai co-écrit un scénario pour une société de production anglaise qui désirait tourner un film sur Henri IV et Marguerite de Valois, mais jamais le nom de la ville de Besse n'a été prononcé. Celui d'Usson, oui...

— Ce que je sais n'a certainement pas valeur historique, je veux bien en convenir, s'obstina Alfred, mais tous les faits n'apparaissent pas dans les livres d'histoire. Si le royaume n'en a pas été bouleversé, les Bessards en parlèrent longtemps, très longtemps.

— Notre historien n'en démord pas, ajouta Romain en souriant. Raconte, Alfred, tu en crèves d'envie... Aujourd'hui ou un autre jour, tu aurais fini par la raconter, cette histoire, n'est-ce pas ?

— Je vais préparer davantage de café, dit Marthe.

Alfred s'était débarrassé de son accordéon et se calait déjà dans son fauteuil. Avec l'effet d'annonce dont il bénéficiait, il pouvait maintenant maîtriser son auditoire, non sans fierté. Ce n'était pas tous les jours qu'une Parisienne, au demeurant fort belle et énigmatique, écoutait son récit.

— Mon grand-père situait les faits aux alentours de 1595. Voici ce qu'il me disait. Henri de Bourbon, le futur Henri IV, avait fait exiler et enfermer son épouse, Marguerite de Valois, la future reine Margot, dans la forteresse d'Usson, en 1586. Marguerite, mariée par la volonté de sa mère quelques jours avant la Saint-Barthélemy au protestant Henri de Navarre et n'ayant aucun sentiment amoureux pour son mari – la chose était réciproque –, le trompait sans vergogne. Ses frasques, ses beuveries, sa conduite effrontée insupportaient son frère, Henri III, et sa mère, la terrible Catherine de Médicis, qui régnait en maîtresse absolue sur le royaume. Margot fut donc exilée au château d'Usson, célèbre forteresse et la plus importante du comté d'Auvergne au XVIe siècle. « Une des plus sûres et seigneurieuses places fortes du royaume », prétendait-on.

Émilie écoutait avec attention.

— La reine pouvait se montrer pieuse, mais elle était surtout brillante et cultivée. Elle aimait particulièrement les arts et les lettres, ce qui n'empêchait pas son caractère volage, car elle était aussi d'une beauté remarquable et fort remarquée ! Quelque temps après son arrivée à la forteresse, Marguerite de Valois y constitua une cour qu'elle voulut rayonnante. Jean de Montboissier de Canillac – le marquis de Canillac –, son geôlier, succomba à ses charmes et l'exil de Marguerite, pour peu qu'il fût supportable, prit alors une tournure bien différente. Un maître d'armes, l'élégant et érudit lieutenant Pierre Deltaille, qui savait merveilleusement manier la lame et le verbe, tomba lui aussi amoureux de la reine. Les fêtes allaient grand train à Usson, et Deltaille élaborait un plan pour arriver à ses fins.

À cet instant, Émilie et Romain prêtaient l'oreille avec autant d'attention que Marthe. Alfred savait passionner son auditoire.

— Quel subterfuge utilisa Deltaille ? On l'ignore. Mais un voyage fut organisé, avec l'accord de Canillac, afin que la reine pût se rendre à Besse, fief de sa mère, sous la protection du maître d'armes. À cette époque, Besse faisait partie d'un duché hérité des La Tour d'Auvergne par Catherine de Médicis.

Émilie ne put s'empêcher de couper Alfred, lui demandant s'il n'était pas historien pour de bon. Dans un éclat de rire, Alfred affirma qu'il ne connaissait que cette histoire, mais qu'il la connaissait fort bien. Marthe et Romain esquissèrent un sourire affirmatif.

— Il devrait écrire un livre, ça intéresserait peut-être des gens, avança Marthe.

Agacé par cette interruption, mais sûrement flatté, Alfred poursuivit :

— Si l'expédition, qui regroupait une bonne quinzaine de personnes, n'est mentionnée dans aucun mémoire, elle ne passa pas pour autant inaperçue. Plus de dix lieues séparent Usson de Besse, voyage compliqué par le franchissement de l'Allier, la couze du Pavin et les difficiles chemins de montagne. Mulets de bât, chariots et carrioles chargés du nécessaire royal partirent par une journée de mai. Le lendemain, les Bessards ouvrirent de grands yeux à la vue de ce cortège qui venait prendre possession de la maison réservée aux notables. Le jour suivant, dans l'après-midi, la suite royale se présenta à la porte du Beffroi, cavaliers, pages et laquais entourant le carrosse de Marguerite de Valois. Le bailli de Besse, se pliant aux usages, accueillit la noble dame... Le lieutenant Deltaille, lui, jubilait !

« Depuis la veille, les Bessards observaient et, déjà, des manants tendaient la main dans les rues.

« De grands feux illuminèrent les fenêtres, du crépuscule jusque très tard dans la nuit... Les curieux s'en retournèrent, les miséreux dormirent à la belle étoile.

« Au matin, la reine et sa cour se rendirent à l'office, célébré en son honneur, en présence de notables au maintien parfois un peu raide. Les compagnons de Marguerite de Valois distribuèrent alors quelques pièces aux miséreux, dont le nombre augmentait. La reine des grandeurs et celle des esprits, la fleur des Marguerite, la fleur de France était là ! Quelques privilégiés purent admirer l'inimaginable. Robe de soierie, casaque noire à larges manches ouvertes ornées de perles, coutures d'or. Pendentifs d'émeraude aux montures d'émail coloré et cloisonné sur fond de cristal et d'or, voisinant avec une fraise de tulle et de gaze. Pour certains hommes, toque à plumet, courte cape, casaque sombre tracée d'or et serrée à la taille : le soyon, porté sur un pourpoint blanc à collet montant, surmonté d'une large fraise. Pour d'autres, les grègues, hauts-de-chausses rembourrés à l'espagnole, et des escarpins tailladés sur le dessus. Les Bessards étaient éberlués ! Puis la reine voulut se rendre à la chapelle de Vassivière. "Ce que reine veut..." Deltaille n'avait cependant pas obtenu ce qu'il avait espéré. Un cortège restreint prit le chemin de la chapelle. Dès son arrivée, la reine s'y recueillit. Aux voûtes de l'édifice, les armoiries de La Tour d'Auvergne et celles du roi Henri II (trois fleurs de lys), partie du blason de Catherine de Médicis, son épouse, dame de Besse et de Vassivière. Ensuite, la reine tint à se rendre à la source toute proche, où jaillit une eau que l'on disait miraculeuse. Elle en but quelques gorgées, s'humecta légèrement le visage. "Cette source a tant de vertus, soupira-t-elle. Peut-être me rendra-t-elle femme jusqu'à la maternité ?" Elle se tourna alors vers le lieutenant Deltaille, qui ne s'éloignait jamais d'elle : "Voilà le vrai but de mon voyage, le seul que je me sois fixé ! Prendre l'eau de cette source. Maintenant, nous pouvons rentrer." Deltaille s'exécuta. Il avait été joué par la reine et perdait maintenant ses illusions. Besse les accueillit pour une deuxième nuit et, le lendemain, la caravane prit le chemin du retour.

Cependant, avant le départ, la reine ordonna que les restes de victuailles fussent distribués aux pauvres et aux manants. Ce qui fut fait pour le bonheur des miséreux.

La belle maison Renaissance, ancienne propriété des La Tour, qui avait été construite pour les dignitaires de la cour de France, devint au fil du temps celle de la reine Margot. Le lieutenant Deltaille disparut de la garde d'Usson. Fut-il victime de quelque poison, d'une lame sournoise, d'un poignard silencieux ? Cela ne sembla pas troubler le sommeil de Marguerite de Valois...

— Quelle histoire ! Je ne suis pas près d'oublier ! » s'exclama Émilie.

Alfred jubilait, Romain souriait.

Ils devisèrent encore un temps et se quittèrent à regret. Émilie serra la main d'Alfred et, s'approchant de Marthe qui ne put bouger, la salua d'un mouvement de tête, avec un franc sourire.

— Au revoir madame, merci de m'avoir accueillie chez vous.

— Au revoir...

Romain raccompagna Émilie sur le pas de la porte et, pour la première fois, elle lui tendit la main. Ils s'étaient salués maintes et maintes fois, avaient échangé bonjour et au revoir, mais sans ce geste si simple et cependant si chaleureux. Romain éprouva une sensation étrange quand il sentit cette douceur qui lui rappela une sensation déjà perçue. Mais déjà Émilie s'en allait, plus belle encore de dos. Romain rentra chez son ami, qui rangeait son accordéon.

— Je comprends mieux maintenant ce que tu me disais, Romain... Cette femme est une princesse. Elle possède quelque chose de séduisant, d'indéfinissable.

— Vous êtes bien tous les mêmes, vous les hommes, coupa Marthe, qui ne voulait pas entendre la suite. Je m'en vais au jardin, je vous laisse.

— C'est ça, laisse-nous, dit Alfred, on va prendre une petite goutte. Moi, je me sens très bien... Tiens, Departout, attrape la bouteille et deux verres. On a bien le droit, à nos âges.

— Même « à notre âge », comme tu dis, on peut perdre la tête. Je la vois tous les jours, et tous les jours je la regarde davantage et je peux te dire que... Enfin tu vois ce que je veux dire...

— Alors, à la tienne ! Et aussi à Émilie, la belle Émilie. Je voudrais être à ta place. Je peux te le dire, ça me fait des choses partout... Hé ! oui. Je ne comprends pas... Elle n'a pas d'homme dans sa vie ?

— Elle m'a dit qu'elle était célibataire, c'est tout.

— Tu sais, le Jalin, il en parle, ça doit le démanger... Tu sais quel coureur de jupons il fait. S'il pouvait, celle-là... Et on peut le comprendre.

— Tu la vois encore comme ça, toi aussi ? Fais-moi plaisir, n'en parle pas ainsi. Elle s'appelle Émilie Martenet, dit-il en martelant les syllabes.

— Pourtant, on dirait bien que... D'accord, Romain. Excuse-moi.

Pour ne pas poursuivre la conversation sur Jalin, Romain changea de sujet :

— Ta mère l'a à peine saluée. Elle semblait gênée...

— Ma mère est comme ça, elle a les préjugés – c'est bien comme ça qu'on dit ? – des gens qui ne sont guère sortis de chez eux. Mais je saurai tout à l'heure ce qu'elle en pense.

— À propos de ton histoire : tu l'as bien améliorée, il me semble...

— Elle risquait de se perdre, alors je l'ai transcrite sur un cahier en pensant à mon grand-père. Mais je ne l'ai pas améliorée, ça non, car j'en suis bien incapable. J'avais l'impression de rédiger une composition française, comme à l'école.

— L'as-tu montrée à Jules Ferry ?

— Non, il se moquerait de moi à cause des fautes d'orthographe. Tu promets que tu ne lui en diras rien ?

— Parole, mon ami ! fit Romain en lui donnant une tape amicale sur l'épaule.

La goutte fut prise, plutôt deux fois qu'une, et ils parlèrent encore de la belle et envoûtante créature. Alfred savait bien que Romain était amoureux d'Émilie.

— Tu as une sacrée chance qu'elle soit venue ici, à Besse, et de l'avoir rencontrée. Je suis heureux pour toi, même si j'éprouve un peu de jalousie. Je la trouve très excitante, mais tu me connais, dans mon cas...

— Ça me complique la vie. Il me semble que ce n'est pas naturel, tout ça.

Romain s'arrêta un instant avant de poursuivre :

— Sais-tu que j'ai repensé à Nicole, je ne sais pas pourquoi.

— Tu as besoin de quelqu'un. Tu commences à t'ennuyer sans t'en rendre compte. Tu sais bien qu'un homme seul est toujours en mauvaise compagnie !

— Où as-tu trouvé ça ? On dirait que tu te mets à philosopher, comme ceux qui se croient toujours plus intelligents. On en voit à la télé…

Ils rirent de cet intermède, et Alfred reprit :

— Après ta période de vie à Paris, et Dieu sait que tu as travaillé sans compter tes heures, ce qui est bien normal quand on est son propre patron, peut-être ressens-tu davantage la solitude… Tu as consommé l'envie de revenir au pays, tu as refait ta maison et tu t'ennuies, maintenant, ça ne me surprend pas.

— Que vas-tu chercher là ?

Romain parut agacé. Son ami était peut-être dans le vrai.

— Revenons-en aux faits : elle t'a révélé ce manque, car elle a un charme fou. Ne te fais pas de souci, le temps est un grand maître, il sait, lui.

— Tu me parles comme un professeur ! Je rentre. Ce soir, je vais me préparer une salade aux lardons, j'en ai bien envie, je te dis à bientôt et merci pour le bon moment que nous avons passé ensemble.

— À bientôt, Romain, merci de cette belle visite et pour la bouteille que tu m'as apportée, on la boira ensemble un de ces dimanches.

19 heures. Aux terrasses des cafés, devant les boutiques de produits régionaux se prélassaient encore les visiteurs, la nuit venant bien tard en cette période. Besse vivait sa saison touristique, dans cette ambiance estivale où la foule découvre les produits du terroir, sur des tréteaux disposés devant les boutiques, d'où s'échappaient des odeurs de charcuteries à point et bien tentantes.

Quand Marthe réapparut dans sa cuisine, Alfred lui dit :

— Alors, ça s'est agréablement passé… Tu vois ? Tu aurais pu être plus aimable, cette personne me paraît très bien !

— C'est vrai qu'elle a l'air aimable. Et elle est très jolie, même si elle est… comme on dit. Mais elle est quoi, au juste ? Enfin, bon… Je ne savais que dire, tu comprends. Mais tu sais, quand elle t'a demandé de jouer « Les roses blanches », ça m'a fait quelque chose à l'intérieur, avoua Marthe en se pressant le poing sur l'estomac. Ton père adorait lui aussi ce refrain, t'en souviens-tu ? Il me semble qu'il n'était pas loin de nous.

— Bien sûr que je m'en souviens. Tu vois, Émilie et lui ont cette chanson en commun et, pourtant, ils ne sont pas de la même génération.

— Si ton pauvre père était là…

Puis, Marthe avança :

— C'est quand même une drôle de situation… Une femme comme elle ne devrait pas être seule. Ferait-elle une fugue ? Peut-être qu'on la recherche à Paris ?

Alfred fut pris d'un fou rire. Il y avait de quoi !

— Que vas-tu chercher là ? Une fugue…

— Ne te moque pas de ta mère, même si parfois elle radote un peu ! Ça doit venir de l'âge, ajouta-t-elle avec un petit sourire qui augmentait les rides de ses joues, sans effacer son expression de tendresse.

— Je me demande comment tu t'y prends pour raconter ton histoire, mais je t'assure que ça m'a plu !

Alfred avait-il entendu ? Son fauteuil avait pivoté et il s'éloignait déjà.

5

AU MONT GERBIER-DE-JONC

Émilie et Romain décidèrent du déplacement qui les conduirait à l'endroit précis où la Loire trouve sa source. Ce fut la voiture d'Émilie qui les prit à son bord, avec Mouche, pour le voyage. Quand ils quittèrent Besse, Jalin les remarqua et fit un signe à Romain.

— Ça ne pouvait pas tomber plus mal..., dit Émilie. Je crains cet homme, j'en ai peur. Je devine quel regard il cache derrière ses lunettes noires.

— Si un jour vous voyez vraiment ses yeux, vous serez effrayée, je vous préviens.

Émilie marqua un silence.

— Il n'a rien réussi dans sa vie, reprit Romain, c'est un raté. Il a les idées un peu courtes, pas trop de jugement, d'ouverture d'esprit. Un aigri, pour tout dire. Vous lui plaisez, c'est certain. Et ce n'est pas la discrétion qui l'étouffe. Ignorez-le, il dira ce qu'il voudra, et s'il va colporter que je me promène en votre compagnie, eh bien, tant mieux ! Je suis très bien avec vous, Émilie.

— Racontez-moi ce pays, vous êtes mon guide. Je connais déjà en partie l'histoire de la reine...

— La reine ! répondit Romain en souriant, la belle Marguerite ! Vous n'êtes pas au bout de vos surprises.

Il savait bien autre chose sur cette reine, mais il décida de n'en point parler aujourd'hui, à contrecœur.

Puis la conversation se porta sur les monts Dore. Émilie appréciait, car elle ne savait rien ou presque de cette terre auvergnate.

— Je vous emmènerai à la station de Super-Besse et, par le télésiège, nous nous élèverons jusqu'au puy de la Perdrix. Vous verrez le pays d'une certaine hauteur.

— Je n'aurai jamais le temps de tout voir... Il faudra que je revienne ici, tout me plaît, c'est extraordinaire ! Et puis, il me semble que je ne suis plus tout à fait seule.

Romain aurait bien voulu lui dire ce qu'il ressentait lui aussi, depuis qu'il la voyait pratiquement tous les jours...

Au Cheix, les grands yeux noirs des grottes veillaient sur la vallée. Puis ils passèrent au hameau nommé La Bataille, puis au Rivalet. Un ruisseau longe la route à droite, et à gauche domine une montagne de rochers abrupts aux étranges figures, avec pour hôtes peu difficiles des acacias, des chênes rabougris, des buissons et des ronces. Montaigut-le-Blanc apparut, avec son passé juché sur les hauteurs, sa tour carrée et ses remparts. La vallée s'élargit à Champeix, puis vers Plauzat, où la terre se veut plus riche. L'autoroute, laissant Clermont-Ferrand au nord, les entraînait dans la région du Cézallier et ses plateaux basaltiques, avec à gauche les monts du Livradois, juste avant l'aire de La Fayette. Ils abandonnèrent la voie rapide pour prendre à gauche la route du Puy-en-Velay.

Ce fut la découverte de Brioude, avec l'Allier et déjà le Velay, si typique.

Parfois leurs regards se rencontraient, leurs sourires, aussi, dans un consentement mutuel, une tranquillité rassurante. Ils dépassèrent Borne et un panneau leur indiqua, sur la gauche : « Forteresse de Polignac ».

— Depuis plus de mille ans, la forteresse de Polignac domine la Loire, qui décrit autour du château une très large boucle. Cette prestigieuse et inexpugnable forteresse est le berceau de la célèbre famille de Polignac.

— Vous connaissez donc tout, Romain ? Comment faites-vous ?

— Je connais un peu le Puy-en-Velay, j'ai lu de la documentation sur cette forteresse médiévale et son grand porche par où l'on pénètre dans la cour d'honneur... Mais peut-être suis-je trop bavard ?

— Au contraire, continuez, vous me passionnez.

— Au risque de vous lasser, je pourrais vous dire que le vicomte Armand XVI, dit « le Grand Justicier », avait voulu que Polignac fût la plus belle motte féodale du Velay. Si vous visitez un jour le village, vous verrez que du haut de ses remparts, du chemin de ronde et du donjon de trente mètres, le regard se perd sur de sublimes horizons. Vous y serez sensible, vous qui êtes une artiste...

— Je reviendrai. Que de merveilles pour des photos et que d'inspiration pour des scénarios !

— Nous arrivons au Puy-en-Velay, en Haute-Loire. Regardez là-bas !

Émilie, tout en conduisant, ouvrit de grands yeux.

— Notre-Dame-de-France !

— Vous savez aussi son histoire ?

Romain raconta.

— C'est surprenant ce que peuvent entreprendre les hommes. Fondre des canons pour réaliser une statue religieuse [1]...

Romain se contenta de sourire. Il prit la peine de signaler la chapelle Saint-Michel, bâtie sur le rocher d'Aiguilhe, la chapelle Saint-Clair, couramment appelée « le temple de Diane ». Émilie, tout en surveillant la route, essayait de voir le maximum de choses, regrettant de ne pas être la passagère.

— Que de merveilles !

— Le Puy était au Moyen Âge un carrefour de pèlerinages vers Saint-Gilles-du-Gard et Saint-Jacques-de-Compostelle.

Elle lui souriait de temps à autre, tandis qu'il lui indiquait la direction à prendre.

1. Napoléon III offrit 213 canons pris à l'ennemi à Sébastopol pour fabriquer cette statue haute de 22 mètres et pesant près de 35 tonnes, réalisée par Jean-Marie Bonnassieux.

— Au départ du Puy, le GR 65 [1] suit la « via Podensis », l'une des quatre routes décrites dès le Moyen Âge pour rejoindre le sanctuaire de Saint-Jacques-de-Compostelle, et ce sentier va être classé au patrimoine de l'Unesco.

Au fur et à mesure du trajet, le paysage se resserrait, l'herbe paraissait moins haute que dans les basses vallées. Cependant, chaque parcelle marquait sa couleur dominante, ici par la profusion de la scabieuse des champs, qui donne ce ton violacé aux herbages, plus loin par la campanule à feuilles rondes bleuissant sur les sols calcaires.

Le trèfle rouge et blanc tapissait les flancs des pâtures, surmonté par la renouée, si originale. La mauve ne manquait pas. Toutes sortes de couleurs et de formes dessinaient ces océans fragiles qui ondulaient sous les vents capricieux et tournoyants. L'achillée millefeuille envahissait les bords des routes, se confondant avec la carotte sauvage de même couleur blanche, dont seules les fleurs la différenciaient.

— Là, c'est ce qu'on appelle une jonchée blanche de fleurs.

— Merveilleux ! On dirait un immense bouquet où rien ne se contrarie, où tout est en ordre et pourtant si différent... La liberté parmi les espèces...

— Vous apercevez plus bas le viaduc de Recoumène, sur les bords de la Gazeille, à quelques

1. GR 65 : itinéraire référencé par la Fédération française de la randonnée pédestre.

traverses du Monastier. Voulez-vous essayer le saut à l'élastique ?

— L'exercice ne me tente pas, j'en ai mal au ventre rien que de l'imaginer. Mais la hauteur du viaduc paraît prodigieuse et c'est magnifique.

— C'est l'un des ouvrages d'art de la Transcévenole [1], avec ses huit arches qui en font un monument impressionnant, l'un des plus hauts édifices de ce type. Malheureusement, ces grands travaux ne furent jamais terminés. Encore une énigme de l'histoire !

— Je vais devoir vous appeler « Monsieur Je sais tout » ou « Mon office du tourisme... ».

— J'aime cette terre, je suis très attaché à elle. La connaître c'est l'aimer un peu plus et je n'ai que ça pour me distraire.

— Quel guide vous faites ! Je n'imaginais pas la région si surprenante.

— Vous n'en connaissez qu'une infime partie... Vous êtes bien une Parisienne, ajouta-t-il en souriant.

Déjà apparaissaient les collines plus pauvres, recouvertes de landes et de sapins.

— La route devient plus difficile, remarqua Émilie, nous voilà déjà en altitude.

— Nous sommes au Monastier, à plus de 1 000 mètres. C'est la petite montagne, aux

1. Transcévenole : ligne ferroviaire fantomatique qui, au début du siècle dernier, devait relier Haute-Loire et Ardèche et que le développement de l'automobile allait rendre caduque avant même son lancement.

noisetiers sauvages, aux murs de pierres sèches, aux chardons par millions...

— On dirait qu'il n'y a personne, comment vit-on ici ? de l'élevage, sans doute ?

— Dans ces communes, Freyssenet-la-Tour, Les Estables, par exemple, il y a encore quelques agriculteurs, des éleveurs. Mais dans quelque temps, comment les jeunes pourront-ils vivre ici ?

Puis, tout doucement, ils pénétrèrent dans la forêt de Bonnefoy, dans le massif de Torpenat. Romain continua :

— Je pourrais aussi vous dire que les forestiers ont créé la forêt domaniale de Bonnefoy – de toutes pièces, par le boisement – afin de réguler le régime des eaux de cette région montagneuse. De toutes les essences plantées, seuls les épicéas ont résisté aux rigueurs climatiques et à la pauvreté du sol. Il y a ici une similitude avec les anciennes estives bessardes, boisées par les hommes.

— Il y a des panneaux explicatifs sur le bord de la route, nous arrêtons-nous ?

— Oui, vous avez raison. Nous avons tout notre temps et nous apprendrons sûrement quelque chose. De plus, Mouche a besoin de prendre l'air, je crois.

Par ce temps magnifique, l'air vif surprit Émilie. Elle découvrait la beauté des terres sauvages, une atmosphère comme il n'en existe nulle part ailleurs, et ce vent, compagnon et habitant du pays, qui en connaît tous les passages, les raccourcis et les longues échappées, les couloirs entre les collines où il règne en maître. Ce vent dont Jules

Vallès, dans *L'Enfant*, a chanté la salubrité sur l'esprit et le corps.

Romain observait Émilie dans ce bain de nature. Les traits de son visage plus que parfaits devenaient le point clé de cet espace.

Campés devant les panneaux d'information, ils décidèrent de les lire avec attention.

Ils apprirent ce que les hommes, ici, dans ces monts du Vivarais, avaient entrepris pour leur terre, et qu'ils continuaient d'œuvrer pour cette forêt décidément si difficile à maîtriser.

En effet, la forêt domaniale de Bonnefoy subissait l'attaque d'un redoutable parasite : le dandroctone[1]. Ce qui n'était dans les années 1970 qu'une agression supportable entraînait aujourd'hui un dépérissement inquiétant des arbres adultes.

Romain, pensif, ne trouvait rien à ajouter. Il surveillait Mouche, qui s'en donnait à cœur joie avec un jeune compagnon plutôt joueur ; les deux chiens ne cessaient de piquer des démarrages et de faire de brusques retours.

Et pour complément au décor, ces millions de fleurs, ce bourdonnement incessant des abeilles, le vol des papillons et la course effrénée de myriades d'insectes zigzaguant dans l'espace...

Après quelques considérations complémentaires sur le pays de l'Ardèche, ils repartirent tous

1. Le dandroctone *(Dandroctonus lican)*, originaire de Sibérie, entre en Lorraine à la fin du XIXe siècle. Cet insecte xylophage (mangeur de bois) arrive dans le sud du Massif central dans les années 1970 et parasite depuis les pins, les sapins et les mélèzes.

les trois vers leur destination, le mont Gerbier-de-Jonc, laissant derrière eux Les Estables et la forêt malade. Ils passèrent devant une maison solitaire, le long de la départementale 378, qui portait sur son fronton ce joli nom : « Maison forestière des princes ».

— Que cache cette maison ? demanda Émilie.

— Je l'ignore totalement.

— Vous ne savez donc pas tout ? dit-elle en souriant généreusement. Cela me rassure.

Il ne savait pas tout, bien sûr, mais il savait qu'Émilie lui plaisait et il était heureux de cette expédition en sa compagnie. Il observait ses mains posées sur le volant, ses gestes, ce profil du visage si étrangement modelé, désirable. Il ne fit rien qui pût rompre ce charme.

Plus au nord se situe le pays du vent, avec le mont Mézenc, troisième en altitude du Massif central. Puis, dôme de phonolite abrupt, imposant, le mont Gerbier-de-Jonc se dressa soudain.

— Voilà le fameux mont Gerbier-de-Jonc, dont on apprend tous l'existence à l'école ! Je me souviens : *« La Loire prend sa source au mont Gerbier-de-Jonc ! »* J'avais oublié le département : l'Ardèche.

Ils descendirent de voiture. L'air frais des montagnes leur faisait plisser les yeux.

— C'est donc ici... C'est étrange, dit Émilie. Comme toujours, je m'imaginais autre chose, et puis je suis là, surprise mais ravie. Je reviendrai pour les photos, aujourd'hui je découvre !

L'impatience d'Émilie devenait compréhensible. Romain l'accompagna à la naissance de la source, dans ce minuscule chalet de pierres volcaniques, sous les lauzes. Là, un conduit déverse ce qu'on veut déjà appeler la Loire, et chaque visiteur consomme à discrétion cette merveilleuse eau froide et pure dans ses mains ou dans des gobelets mis à disposition.

— Je trouve ça splendide, et si simple en même temps. Le plus long fleuve de France, ici, n'est encore qu'un filet d'eau, presque insignifiant.

Émilie s'émerveillait. Elle brisait en caressant de ses doigts ce filet cristallin. Romain, dans un geste qu'il n'aurait pas imaginé un instant auparavant, retint l'eau entre ses mains jointes et les tendit vers Émilie. Elle se pencha, prit les mains de Romain dans les siennes et but cette naissance du fleuve.

— Comme la reine Margot, je vais boire l'eau d'une source !

Ils souriaient tous deux, redevenus des adolescents pour quelques secondes, ayant réalisé un exploit ! Enfin, ils sortirent de ce lieu obscur, retrouvant la lumière et Mouche qui se désaltérait elle aussi, un peu à l'écart.

— La Loire a bien raison de naître en cet endroit, dans ces terres hautes et imposantes, affirma Émilie. Rien n'est plus beau que la naissance d'une rivière, et ce nom, « la Loire », est pour moi magnifique. Je ressens quelque chose d'indéfinissable, quelque chose qui semble me prendre tout entière.

— Vous êtes sensible à la nature, à la terre, aux éléments. Ici, il y a tout ça en même temps : l'eau, le vent et la lumière.

— Vous avez raison, je revis, je dois naître une seconde fois aujourd'hui. Vous devez me croire un peu excentrique, mais je ne vous en veux pas, car je vis un jour exceptionnel et je me sens incapable de prendre un seul cliché.

Que se passait-il dans la tête d'Émilie ? Romain se le demanda. Elle avait aujourd'hui un sourire plus beau que les autres jours, un regard câlin. Ses cheveux bougeaient dans le vent, découvrant cette nuque...

— Je vous invite à déjeuner, si vous me le permettez, Émilie. Ce sera un grand moment pour moi. Une jeune femme à ma table, cela ne m'arrive pas tous les jours, et je dois vous dire que moi aussi je suis très heureux.

Elle le regarda doucement, lui sourit, et lui serra les mains pendant quelques secondes.

— Merci infiniment, répondit-elle.

Puis ils entrèrent au restaurant, avec Mouche qui fut tolérée à condition de ne pas créer d'incident, car elle n'avait jamais connu de laisse.

Émilie choisit le menu.

Après un silence :

— Je dois vous paraître étrange, n'est-ce pas ? Il y a seulement quelques jours, nous ne nous connaissions pas, et voilà que nous déjeunons ensemble.

— Je ne vous poserai pas de questions sur votre vie, même si...

— Un jour peut-être, je vous raconterai. Il n'y a rien d'original, croyez-moi.

— Vous me plaisez beaucoup, Émilie, et parfois vous me troublez. Moi, je dois vous sembler bien cavalier, non ?

Soudain il proposa :

— Champagne ?

— Pourquoi pas, dit-elle en fermant les yeux quelques secondes.

Le chien se tenait près de la table, patiemment. La conversation se perdit vers d'autres directions, vers les forêts, vers les landes...

Romain était plus ému qu'il voulait bien le laisser voir.

Pourquoi parla-t-il de Paris ? Il n'en savait rien, mais il lui raconta en quelques phrases son séjour de près de trente ans à la capitale. Elle fut surprise aussi de son célibat, mais comprit la hâte qu'avait eue Romain de profiter de son pays.

L'instant de partir arriva et les promeneurs reprirent leur véhicule, non sans avoir auparavant goûté une fois encore cette eau claire et pure de la source de la Loire.

Ils auraient pu, chez les quelques marchands installés là, découvrir les différents produits du terroir, les pains d'épice et autres délices à base de miel, les miels eux-mêmes, les fromages de chèvre, le pigodon, les cèpes, les confitures aux mariages subtils de pissenlits, de sureaux, de pensées sauvages, de serpolets...

La route des Sucs les ramenait déjà vers le bas. Elle surprend la Loire dans les gorges de la Palisse, rejointe par de petites sources riches en oxygène qui lui prêtent renfort.

Émilie et Romain semblaient enivrés par leur escapade sur les terres ardéchoises.

Romain prenait des airs de jeune homme et Émilie paraissait de plus en plus belle. Quelque chose l'avait métamorphosée. Elle arrêta soudain sa voiture sur un espace presque trop étroit et, fixant Romain de ses yeux sombres :

— J'aime l'eau et je voudrais être l'eau. N'aimeriez-vous pas être la terre ?

Romain ne répondit pas. Il n'était pas sûr de bien comprendre, mais il fit oui de la tête, après quelques secondes interminables. « Le champagne », pensa-t-il...

Émilie l'intriguait et en même temps l'intéressait. Il lui prit les mains et les porta à ses lèvres.

— Je n'ai pu résister, Émilie, dit-il en la dévorant du regard.

Elle souriait, sachant parfaitement ce qui se passait au fond d'elle-même.

6

Jalousie

Le lendemain, dès son réveil, Romain pensa immédiatement à elle.

Cette visite au mont Gerbier-de-Jonc l'avait plongé dans d'étranges pensées. Qui était donc cette femme dont il avait tant envie ? « Plus jeune, je n'aurais pas hésité », se disait-il. Mais Émilie l'inquiétait en même temps qu'elle l'attirait.

Il prit Mouche à témoin : « Qu'en penses-tu ? Trop belle et trop jeune, n'est-ce pas ? Elle m'intrigue du matin au soir. Elle est tellement... Comment dire ? Tu as vu ses mains ? Son visage ? Ses yeux, sa bouche, enfin tout, quoi... Et moi, regarde ça », maugréa-t-il en se dirigeant vers le miroir situé au-dessus du buffet. Là, il espionna son âge oublié, relevant ses cheveux ou les repoussant en arrière. Sa main caressa ses joues. « Il y a bien du dégât, seuls mes yeux n'ont guère changé. C'est vrai que je ne me regarde jamais... Aujourd'hui c'était juste pour voir, à cause d'Émilie... »

Il repensa à ces mots qu'avait prononcés Émilie : *« Je veux être l'eau. »*

« Cette eau pourrait revigorer l'arbre que je suis et qui a perdu sa jeunesse... » Léger sourire.

Il prépara son petit déjeuner tout en pensant à ses parents.

« Votre fils ne fait jamais les choses comme tout le monde, lança-t-il aux sculptures de bois. Vous, vous avez vécu normalement ? Oui, enfin, je le crois. Et toi ma pauvre mère, qu'en penses-tu ? Émilie me tourmente. J'ai les cheveux bien gris ! Tu vois, j'étais bien tranquille ici, ma vie me suffisait – il est vrai que je ne suis pas trop exigeant. Je ne suis pas malheureux... Et maintenant, il y a Émilie. Sans doute suis-je le dernier des nuls. »

La matinée parut bien longue : Émilie ne passa pas, contrairement à ses habitudes. Romain se dit qu'après tout elle pouvait vivre comme elle l'entendait. Une saute d'humeur révélatrice !

Il songeait à son habituel déjeuner chez Solange, comme tous les jours, lorsque Jalin apparut, tenant sa bicyclette à la main.

— Alors Departout, ça marche avec la jolie brune ?

— Que voulez-vous dire ?

— Si ça ne marche pas entre vous, moi, je vais m'en occuper sérieusement, juste pour ce que vous savez, c'est une affaire de vacances...

Romain comprenait tout à fait, mais il garda le silence.

— Vous pouvez bien me le dire, nous sommes entre hommes. Elle vient chez vous, vous la baladez en voiture ! Moi, je ne m'afficherais pas avec. Ça fait mauvaise impression.

— Vous n'êtes pas à ma place, et vous ne savez rien de cette personne. Si elle vous déplaît à ce point, ignorez-la tout simplement et ne m'en parlez plus, j'ai autre chose à faire.

Il savait que Jalin crevait de jalousie et de désir, ça se voyait dans son comportement. Romain comprenait qu'on pût la désirer, il était bien placé...

— Je fais encore ce que je veux, mais vous, vous la défendez ? Elle vous plaît, cette..., ajouta-t-il triomphalement.

— Et pourquoi pas ? Premièrement, cette personne est libre de choisir ses interlocuteurs, cette liberté appartient à tout le monde. Deuxièmement, je vous dispense de vos jugements mauvais et de toute vulgarité à son sujet.

Le ton changeait. Romain se trahissait.

— Quelle mouche vous a piqué ? Ce n'est pas la peine d'employer de grands mots pour parler d'elle. Elle vous a donc tourné la tête ?

Romain ne répondit pas à cette escalade verbale. Connaissant le personnage, il se contenta d'un haussement d'épaules, suivi d'un grand geste du bras l'invitant à reprendre son chemin.

Jalin, vexé, souleva son vélo pour s'en retourner. Il l'enfourcha si précipitamment que l'homme et la machine furent à terre en moins de temps qu'il n'en faut pour le dire.

Le nez en sang, coincé dans le cadre de son engin, il tentait de se relever, ses lunettes à terre. Son œil droit ressemblait à une bogue de châtaignier entrouverte où bougeait un globe injecté de sang, suintant. Cela n'avait rien à voir avec sa chute, c'était ainsi depuis quelques années et la négligence de Jalin à se soigner avait aggravé son état.

La situation devenait grotesque, si ce n'était la blessure du cycliste.

— Les chemins sont si mauvais parfois qu'on tombe de son engin et qu'on se casse le nez quand on n'y prend pas garde... Le bon Dieu vous a puni, comme on dit.

Tout en marmonnant, Jalin épongea le sang avec son pauvre mouchoir, maîtrisant assez mal l'hémorragie. Romain, jugeant l'incident sans gravité, ajouta :

— Excusez-moi, je vais être en retard pour le repas. Encore un mot, Jalin : si vous ennuyez cette personne, vous me trouverez sur votre chemin.

Clair, net et précis.

Jalin ne répondit pas. Romain Departout se dirigea alors vers son restaurant habituel. Avec un soulagement inexplicable, il aperçut Émilie, qui faisait quelques emplettes. Il la rejoignit.

— J'ai dormi comme une marmotte, lui dit-elle, le grand air m'a soûlée. Le temps passe et je n'ai pas envoyé les cartes postales que j'avais promises.

— Le choix ne manque pas, ici. Les lacs, les montagnes, Besse, Super-Besse...

— Tout est superbe pour les touristes, mais moi, je sais ce qui est encore plus beau, parce que...

— Venez avec moi, Émilie, coupa Romain. Vous n'avez pas préparé votre déjeuner ? Alors, suivez-moi !

— Vous faites les questions et les réponses ? Et mon avis ?

— Venez, vous dis-je, ne nous compliquons pas la vie.

Émilie réglait ses achats et Romain attendait devant la vitrine du marchand de cartes postales, lorsque Jules Ferry passa, apercevant son ami. Salutations habituelles, puis :

— Jalin a eu un accident, si vous aviez vu sa tête !

— Comment ça, un accident ?

— Il est tombé de bicyclette et s'est écrasé le nez sur le chemin, du côté de chez vous. Je l'ai vu sortir de la pharmacie. Il n'est pas heureux, l'homme !

— C'est dommage, surtout pour un homme si discret.

— Vous voulez rire ?

— Peut-être que je veux rire un peu, oui. J'aimerais maintenant qu'il me raconte comment il va courir les jupons, avec la figure que vous me dites.

Après un hochement de tête, Cassière allait s'éloigner, mais Romain le retint. Émilie s'était approchée.

— Permettez-moi de vous présenter Mlle Émilie, photographe en vacances qui abuse de mes clématites.

— J'ai entendu parler de vous, je suis enchanté de vous connaître.

Romain précisa :

— Monsieur Cassière a un surnom : « Jules Ferry » !

— Ils se moquent tous un peu de moi, gentiment… Je ne leur en veux pas, ça ne me déplaît pas.

— Jules Ferry est une référence, ici. Quand on a besoin d'informations, il sait rendre service. Il aurait pu vous renseigner sur le pays.

— Les vacances vont se terminer bientôt, dit la jeune femme.

— Qu'à cela ne tienne, nous trouverons bien le moyen de nous revoir tous les trois avant votre départ, affirma Romain.

— Alors, à un de ces jours ?

— À bientôt.

Romain expliqua à Émilie que Cassière était un homme passionnant, aimable et d'une modestie exemplaire. Puis il l'entraîna à sa suite.

— Où me conduisez-vous ?

— Chez la Solange ! Nous allons déjeuner, tout simplement.

Romain sourit à Émilie, glissant le bras sous le sien.

— Comme ça, c'est tellement mieux, dit-il.

Provocation ? Certainement…

— Vous n'y allez pas par quatre chemins ! Ça me gêne un peu, que vont penser les gens ?

— Ce qu'ils voudront. Vous êtes peut-être ma cousine, qui sait ? fit-il avec un sourire de séducteur.

Les habitués de l'apéritif remarquèrent Émilie. Romain, après les avoir salués, s'installa comme à l'accoutumée. Émilie face à lui, un peu embarrassée, craignait un nouvel incident. Solange se dirigea vers eux.

— Deux couverts ?

— Je vous présente Émilie, en vacances dans notre cité bessarde. Peut-être vous êtes-vous déjà rencontrées ?

Le regard des deux femmes se croisa. Les yeux de Solange mitraillèrent Émilie : la jalousie à l'état pur. Il osait l'emmener ici ? Il aurait la guerre. Émilie esquissa un mouvement, tendit sa main. Solange l'ignora, se contentant de lancer à Romain :

— Comme d'habitude ?

Il questionna Émilie du regard, qui répondit :

— Je vous fais confiance.

— Le pichet de vin habituel ? et pour mademoiselle ? demanda Solange, moqueuse.

Elle devenait presque insolente, provocante, oubliant subitement les principes d'une commerçante accueillante.

— Apportez-nous un boudes[1], annonça Romain, et du meilleur !

— Alors ça..., marmonna Solange en tournant les talons.

— Le boudes est un vin de la région, vous m'en direz des nouvelles.

— On dirait qu'elle ne m'apprécie guère. Je crois même qu'elle est en colère.

1. Boudes : un côtes-d'auvergne, excellent vin de terroir, rond, ayant une bonne structure tannique à caractère floral. Un vin de plaisir, un vin de bonheur.

— Et bigrement jalouse… Tout le monde sait qu'elle est amoureuse de moi, mais c'est son affaire.

— Vous et moi, c'est de la provocation pour certains, vous le savez.

— Ça ne me dérange pas si cela ne vous ennuie pas. Alors…

— Tout va bien, Romain, tout va bien.

Le repas se déroula sans autre incident. Mais à l'instant où Solange relevait les couverts, juste avant le café, Émilie prit son couteau dans le creux de sa main gauche, puis scruta le fil de la lame de son pouce droit, à la manière d'un homme, en regardant Solange dans les yeux :

— Ce couteau-là ne coupe pas, il ne pourrait pas percer un pneu… Vous devez en avoir d'autres qui tranchent mieux, n'est-ce pas ?

Solange, confondue, s'éloigna rapidement tout en rougissant.

— Que se passe-t-il ? demanda Romain.

— Je vous expliquerai. L'incident ne se reproduira certainement plus.

— Vous n'avez pas que des amis ici, il me semble.

Elle lui répondit par un sourire.

Il lui raconta ensuite ce qui s'était passé avec Jalin, leur rencontre, avec les détails qu'elle trouvait croustillants.

— Il se vengera sur moi, dit-elle, j'en suis convaincue et, ce jour-là, je serai seule.

— Je l'ai prévenu, rassurez-vous. C'est peut-être un malheureux mais ce n'est pas un individu très intéressant. Il parle plus qu'il n'agit.

— Je ne suis pas venue ici pour créer tout ce désordre, je voulais connaître la région, c'est tout. J'ai déjà vu bien plus que je ne l'aurais imaginé.

— L'original ne manque pas, chez nous.

— J'ai photographié la maison de la reine Margot ce matin et je dois encore prendre d'autres clichés. Elle n'est pas ordinaire, quelle chance ! Que de détails intéressants !

Romain eut une expression amusée en l'écoutant.

— Pourquoi riez-vous ? C'est la maison de la reine Margot, m'a-t-on dit.

— Souvenez-vous du récit d'Alfred. Elle a sûrement été construite par les La Tour qui, ne pouvant d'après leur charte posséder eux-mêmes de maison à Besse, l'auraient cédée à la ville. Elle aurait ainsi servi de résidence aux dignitaires de passage. Besse appartenait à Catherine de Médicis par héritage de son oncle Jean Stuart, mort veuf et sans enfant.

— Vous avez le don de me passionner, avec ces histoires !

— Quant à la visite de la reine Margot, vous en savez autant que moi..., grâce à Alfred.

— Je veux y croire et pouvoir dire que j'ai marché sur les traces d'une reine.

Romain hochait la tête, minimisant la chose.

— Ça n'a rien d'extraordinaire. Mais peut-être est-ce vous qui avez raison, après tout...

— Le rêve, Romain, laissez-moi mon rêve !

Il resta enjoué face à cette jeune femme heureuse qui voulait s'accrocher à un bout d'histoire.

— Marguerite de Valois à Besse, comme moi..., paracheva-t-elle.

Romain soupira avec un grand sourire. Il savait autre chose sur cette reine mais décida de n'en point parler.

— N'y a-t-il pas d'autres secrets dans les environs ?

— Les tourbières ont aussi leurs mystères, je vous conseille de vous y rendre, vous ferez des photos superbes !

— Est-ce loin ?

— À La Godivelle, il y a la maison des tourbières, c'est une bonne excursion à quelques kilomètres d'ici.

— Vous pouvez m'en dire davantage ?

— Jules Ferry vous expliquerait tout ça mieux que moi. Il se tient toujours dans son jardin l'après-midi et sa maison est à deux cents mètres du restaurant. Si vous le vouliez, dans cinq minutes nous y serions, mais je n'insiste pas.

Émilie souriait à son tour. Il n'insistait pas, bien sûr, mais il souhaitait qu'elle acceptât. Elle percevait son émotion. Comme son séjour tirait à sa fin, elle décida d'accompagner Romain chez Jules Ferry, à la condition que celui-ci fût bien dans son jardin, sous sa tonnelle.

Quelques minutes plus tard, Romain informa l'ancien instituteur du motif de leur visite. Cassière fut heureux de cette surprise. Il aimait qu'on vînt à sa rencontre.

— Ma femme va vous préparer un café, installez-vous. Cette tonnelle est selon moi l'endroit parfait pour lire – ou s'assoupir, parfois ! Ma femme, elle, préfère regarder la télévision. Chacun son choix.

— Cette année vous n'aurez pas beaucoup de raisin, les treilles ont souffert, observa Romain.

— Je les conserve surtout pour l'ombre qu'elles me procurent. Un petit coin de paradis, en somme. Voyez cette tranquillité, mademoiselle. Côté rue, il y a la vie normale du bourg, et côté jardin la paix. Quoique ici, si nous comparons avec Paris, ce soit toujours calme, même en ville. Mais dites-moi, alors, vous voulez savoir ce qu'est une tourbière ?

— Oui, j'avoue que je l'ignore. Sans doute est-ce une sorte de marécage ? Je n'aime pas beaucoup...

— Tout marécage n'est pas une tourbière, reprit Jules Ferry.

Et il fit son exposé, expliquant comment, au fond des lacs lentement colonisés, des plantes enfouies donnent naissance à la tourbe.

Mme Cassière servit le café et s'effaça discrètement, lassée des explications trop scientifiques de son mari. Émilie demanda :

— Ces endroits ne seraient-ils pas dangereux pour les bêtes et les hommes qui par mégarde s'y aventureraient ?

— Il est préférable ne pas s'y rendre sans faire très attention, l'on pourrait s'y enfoncer et mourir. Quelques légendes colportent des disparitions et d'étranges aventures.

— Vous me faites peur, monsieur Cassière.

— N'ayez crainte, en principe les tourbières sont signalées. Ces lieux humides, inhospitaliers, mystérieux et réputés magiques, ont toujours fasciné l'homme. Les aubes sont souvent merveilleuses dans ces territoires d'humidité, lorsque le soleil chasse les brumes. Vous pourriez y consacrer quelques instants, osa-t-il lui conseiller. Petit à petit, l'on y découvre des formes étranges, les « tournadons » qui ponctuent la surface des tourbières.

— Je n'irai pas la nuit dans ces endroits-là...

— Ce n'est pas recommandé, je vous assure, dit Romain en souriant généreusement. Les conteurs rapportent parfois que ce sont les dos d'animaux énigmatiques, dont les têtes restent immergées, à la recherche d'un puissant secret. Et l'on se plaît à admettre qu'ils n'ont pas toujours tort, à ressentir le curieux frisson que procurent parfois leurs récits. Aujourd'hui les tourbières, véritable mémoire de l'humidité, font l'objet de nombreuses études.

— Vous êtes un puits de science, monsieur Cassière, c'est un grand plaisir que de vous écouter.

— Il y a aussi là-dedans une plante qui peut vous dévorer, si vous consentez à vous déguiser en moucheron ! ajouta Romain en s'adressant à Émilie.

— Que dites-vous ?

— Une petite plante carnivore qui se nourrit d'insectes : le rossolis. Son nom signifie « rosée du soleil ». En latin, elle se nomme *Drosera*, précisa Cassière d'un air malicieux. Mais dans les tourbières, on peut aussi découvrir une magnifique variété de violette.

Émilie, ravie d'avoir enrichi tant soit peu ses connaissances, remercia l'ancien instituteur, qui lui dit d'une voix profonde :

— J'aimerais vous revoir pour bavarder sur d'autres sujets. Aujourd'hui j'ai pris la parole, mais la prochaine fois, peut-être saurai-je vous écouter...

Ils prirent congé de leur hôte. Émilie dit à Romain :

— Encore une histoire d'eau... La terre et l'eau, c'est magnifique !

Romain ne répondit pas. Ils firent quelques pas ensemble, abasourdis par le flot d'informations reçues, certainement trop nombreuses.

— On n'arrête pas un passionné comme l'est cet homme, jugea Romain. De plus, vous l'avez conquis par votre sourire.

Elle ne releva pas.

— Je n'aurai pas l'occasion de visiter la moindre tourbière, le temps passe trop vite. Cet après-midi, je voulais me rendre à Super-Besse ou plutôt à Vassivière.

— Dans ce cas je vous laisse, je dois voir Alfred... À bientôt ?

Elle le remercia et s'éloigna, comprenant qu'il ne voulait pas l'envahir de sa compagnie.

En marchant, elle reconnut que les explications de Cassière étaient tout de même interminables, vraiment... Ouf, quel soulagement d'y échapper !

Par cet après-midi si agréable, elle décida de quitter Besse pour les hauteurs de Super-Besse. Elle avait besoin de respirer à pleins poumons l'air vivifiant des hauteurs auvergnates. On put voir sa voiture grimper la petite route et se diriger vers le site pastoral de Vassivière, situé à huit kilomètres de la ville. Émilie pensait à ce qui avait précédé sa promenade : l'histoire de Jalin, l'accrochage avec Solange. Sa venue avait donc déclenché quelques querelles au pays… Si elle n'avait pas rencontré Romain, tout eût été bien différent. Mais voilà, il y avait Romain ! Quand il la regardait, elle sentait bien que son cœur lui glissait quelque message.

Elle se réjouissait de sa compagnie, et en même temps regrettait de n'avoir pas été plus franche avec lui, dès le début de leur rencontre. « Je suis compliquée, j'aurais dû lui dire que mes aïeux étaient de la région, même s'il aurait alors fallu avouer le reste… » Quel tracas dans sa tête ! Elle voulait s'en détacher mais, quelques secondes plus tard, elle y repensait de plus belle. De plus, elle n'avait pas repris le chemin qui l'avait conduite vers le ruisseau, vers les ruines visitées les premiers jours…

Émilie Martenet ne se trouva pas seule quand elle arriva à la chapelle de Vassivière, au plus haut des landes. Bon nombre de promeneurs visitaient, prenant des photos. Elle repéra instantanément la petite chapelle en contrebas, « la Chapeloune », distante de quelques dizaines de mètres de la grande. Le petit oratoire, datant du début du siècle dernier, construit en pierres noires, recouvert de lauzes épaisses scellées au ciment clair sur les bords des pignons et surmonté d'une croix de pierre, offrait au bas de ses trois marches une eau claire et bienfaisante. L'histoire d'Alfred lui revint en mémoire : la reine Margot était venue en ces lieux. La source miraculeuse coulait toujours.

Après quelques clichés, Émilie se désaltéra, comme des milliers de personnes avant elle, dont la reine Margot, quatre ou cinq siècles plus tôt.

À la grande chapelle, les dépliants disponibles à l'entrée dataient de 1555 la reconstruction de l'édifice, endommagé durant la guerre de Cent Ans. On l'informa que la statue de la Vierge noire, Notre-Dame-de-Vassivière, était « montée » de Besse chaque été, le 2 juillet, jour de la Visitation de la Sainte Vierge, sa place lui étant réservée. Elle était redescendue à l'époque de la « dévalade », ici le dimanche après la Saint-Matthieu, vers la fin septembre. Ces déplacements donnaient lieu à des processions regroupant fidèles et prêtres locaux. La statue faisait sa transhumance au rythme de l'estive. Puis les périodes automnale et hivernale s'emparaient des terres, livrées à la solitude, aux vents, à la pluie, à la neige qui les recouvraient doucement.

Émilie repéra le panorama pour faire quelques photos. Le puy de la Perdrix et, plus loin, le puy de Sancy [1] pourraient constituer un fond parfait, à dominante parfois bleue, parfois rose, osant même le jaune.

Que d'espace, que de grandeur sous l'immense manteau de lande ! Le site de Vassivière, composé de la chapelle de Notre-Dame et de la Chapeloune

1. Le Sancy, point culminant du Massif central, s'élève à 1 884 mètres.

de granite sombre, dominait les lieux. Émilie prit des notes sur son carnet bleu.

Elle songea que ce devait être merveilleux sous la neige, grandiose, immense, pur. « J'aimerais, un jour de plein hiver, recevoir le baiser glacial… J'imagine le relief plat ou mamelonné, étincelant sous le soleil, ombré ou bleuté aux contreforts des congères selon l'heure du jour. Le premier manteau d'hermine se livrant au soleil, qui le bombarde de lumière ! Il résistera jusqu'au jour où le printemps s'emparera de lui qui, fragile et usé, fondra sans résistance sous ses rayons, sous son regard ardent. »

Émilie fit quelques pas et s'aventura dans les herbages en direction de Super-Besse, contournant bientôt une vieille bâtisse à la toiture écroulée. Cela lui fit penser à un poème appris autrefois, « Les maisons oubliées », qu'elle se remémora avec précision, heureuse de s'en souvenir :

Je connais des maisons dont les toitures crèvent,
Aux murs trop fatigués, les volets toujours clos,
Avec de vieux portails aux serrures qui rêvent
D'un passant étourdi pénétrant dans l'enclos.

Je revois ces couleurs, ces étés, ces automnes,
Chantés par des ruisseaux, gelés par des hivers,
Lentement écoulés à la sueur des hommes,
Dont il ne reste plus qu'un sentier de travers.

Au-delà d'aujourd'hui me reviennent des rires,
De ces rires d'enfants éclaboussant le jour.

Des éclats de soleil à bâtir des empires,
C'est-à-dire la vie en un bouquet d'amour.

Observant ces maisons je scrute leurs mystères,
Comme ces nids d'oiseaux qui se quittent au
[printemps.
Les jardins disparus retiennent leurs misères,
Et la ronce en vadrouille alors prend tout son
[temps.

Le vent, locataire permanent des lieux, lui caressait le visage, jouait avec sa longue jupe de coton léger. Ses cheveux aimaient aussi cette agréable et douce compagnie.

Elle se souvenait d'avoir remarqué, sur des dépliants touristiques, la photo de saxifrages parsemant les crêtes du Sancy, et qu'il ne fallait pas cueillir. À ses pieds, il y avait des gentianes bleues, des anémones soufrées, à caresser du regard, simplement... Une formule qui lui plaisait bien.

« Le pays des pierres, du souffle et de l'eau, des landes aux lignes et aux drapés de bure, et celui des espaces vertigineux, se dit-elle si fort qu'on aurait pu l'entendre. Quelle chance ai-je eue de le connaître, et puis Romain. Que va-t-il m'arriver ? Mes ancêtres, où êtes-vous ? Je suis au cœur d'une contrée d'herbes et d'eau, où la lumière, les averses passagères s'évanouissent comme par enchantement. »

Quelle étrange sensation la prenait tout entière ? Volontairement, elle se laissait aller, légère telle une brume. D'un seul coup, elle revint à la réalité, ressurgissant de ce rêve, de cette pensée confuse qui l'avait comme transportée.

Un dernier regard vers le Sancy et elle s'en retourna vers sa voiture.

« Demain, je serai là, ce sera ma dernière pellicule. »

Elle prit encore des notes. Son visage s'offrait au pays, ce pays qu'elle commençait à aimer profondément.

Le vent s'amusa quelques secondes encore avec ses cheveux défaits et découvrit sa nuque. Elle virevolta et se surprit à dire : « Et Romain ? »

Quittant le domaine de Vassivière, elle aperçut sur la gauche les stations du chemin de croix, plantées en pleine nature. À la ferme du Gelât, elle laissa le Pavin sur sa droite, puis rejoignit Besse, la solide cité. Au plus haut du Beffroi, la tête d'un loup, gueule ouverte... Soudain, elle plongea d'une manière vertigineuse vers son passé, vers sa mère.

7

Vassivière

Le soleil d'été dardait ses rayons jusque dans certaines ruelles étroites où flânaient les vacanciers insouciants.

Les lourdes et généreuses fontaines de granite, entourées d'enfants joyeux, offraient ce bruit délicieux, infatigable, du filet d'eau qui chute, enchantement d'éclaboussures et de perles de lumière dont on aime asperger ses amis.

Émilie s'arrêta pour observer le jeu d'une fillette qui plongeait ses mains dans la retenue d'un bassin. Elle les collait ensuite sur les pierres chaudes qui pavaient un court périmètre autour de la fontaine, et en quelques secondes la chaleur dévorait ses empreintes. Elle s'émerveilla de cela, la transmission d'une forme grâce à l'eau et aux mains d'une enfant. Sa pensée, en vagabondant, reprit un chemin déjà emprunté. « Je voudrais être l'eau... » Puis un mot vint soudain bousculer les autres : Romain. Elle se souvint lui avoir dit, lors de leur visite au mont Gerbier-de-Jonc :

« Aimeriez-vous être la terre ? » Pourquoi cette métaphore ? Qu'avait-il pu s'imaginer ?

Jules Ferry la tira de ses songes, la saluant amicalement. Surprise et ravie, elle accepta la conversation. Ils marchèrent ensemble quelques instants. Enfin, n'y tenant plus, elle osa la question :

— Puis-je vous demander pourquoi on vous surnomme « Jules Ferry » ?

— J'ai longtemps été instituteur à Besse, et qu'on ait vu en moi une sorte de Jules Ferry local ne pouvait que me flatter. De plus, j'ai la littérature pour passion, et ce n'est pas d'aujourd'hui. Il y a quelques années, le « Jeu des mille francs », l'émission de France Inter, s'est arrêté chez nous. Avec deux amis, nous avons décidé de participer... Les candidats ne se bousculaient pas. Nous devions faire honneur à notre ville !

— Alors ?

— J'avais été désigné comme capitaine et nous avions allègrement répondu aux questions bleues, blanches et rouges, et à celle du « banco ». Arriva alors la question du « superbanco ». Avec une chance inouïe, je donnai la bonne réponse. Les amis scandèrent mon surnom : « Jules Ferry ! Jules Ferry ! » Ceux qui ne savaient pas l'apprirent ce jour-là, et depuis...

— C'est une belle histoire !

— Mais je ne possède pas les favoris du personnage..., ajouta-t-il en riant.

Ce que ne disait pas Cassière, c'était son admiration pour l'homme qui a institué l'enseignement primaire gratuit, laïque et obligatoire.

— Mon passe-temps préféré est la lecture, l'Histoire en particulier.

Fort simplement, en quelques minutes, ils se retrouvèrent sous la tonnelle. Cassière était ravi de pouvoir s'entretenir avec Émilie une seconde fois.

Devinant que le vieil instituteur avait pour elle de la sympathie, elle en fut heureuse. S'il avait compris sa curiosité pour le pays, son passé, il était certain qu'Émilie cachait un secret. Elle l'écoutait cependant attentivement : il eût été inconvenant de ne pas continuer à converser. Puis vint l'heure de prendre congé, qui les surprit tous deux. Le beau visage s'éloigna.

Une fois rentrée, Émilie vérifia ce qu'il lui restait de provisions pour le repas de midi. « Je ne suis pas là pour prendre du poids, attention à l'excellente charcuterie de Besse ! chantonna-t-elle sans grande conviction. Et ma silhouette ? » Elle se fit une salade composée à sa manière, n'ayant qu'une pensée, rejoindre Vassivière au plus vite. Les vacances approchaient de leur terme. Dans quelques jours, elle regagnerait Paris.

Elle emprunta la petite route qui grimpait et conduisait à la chapelle. Sitôt arrivée, elle s'installa à l'endroit choisi la veille, face au superbe panorama. La lumière était vive, peut-être trop puissante, mais les différents verts s'harmonisaient dans un accord subtil.

L'artiste – en jeans et T-shirt, chaussée d'espadrilles, une casquette retenant ses cheveux – oubliait le reste du monde, l'attention entièrement absorbée par son œuvre. Quelques-uns l'observaient.

Elle saisit soudain cette phrase, criée par un enfant :

« Papa, attends-moi, on va se perdre si tu t'éloignes trop. »

L'appareil photographique resta immobile, comme figé. Ces quelques mots, dits par un enfant inconnu, provoquèrent un choc émotionnel dans le cœur d'Émilie. « Papa, attends-moi... » Mille phrases peuvent s'entendre sans être écoutées, et puis voilà qu'une seule bouleverse l'ordre du moment. Émilie se ressaisit, mais sa pensée la transporta immédiatement vers un autre territoire, vers un chemin fuyant, inaccessible, fermé à l'infini. Déjà, la veille, elle avait eu des pensées pour celui qu'elle ne connaîtrait jamais.

Les mots de cet enfant, qui demandait à son père de l'attendre, n'étaient-ils pas ceux qu'elle aurait voulu prononcer ? Ces grands espaces auvergnats la rendaient-ils encore plus fragile, plus émotive ?

Pour éloigner ce trouble, elle ouvrit le minuscule livret qu'elle couvrait de notes.

— Qu'est-ce que tu écris sur ton carnet ? lui dit un petit garçon qui se tenait tout près d'elle.

Il fallut bien cette interpellation pour la tirer de ses réflexions et la ramener au présent, aussi brutalement qu'elle l'avait quitté. Elle répondit à l'enfant par des mots tranquilles.

Une douceur bienfaisante régnait à Vassivière. La Chapeloune paraissait comme posée sur une toile, au cœur des pâturages, des landes, des monts dont les sommets se prenaient pour des grands. Des clôtures barbelées animaient le paysage et s'en allaient se perdre dans les reliefs éloignés, invitant les rêveurs à les suivre, tandis que la croix de pierre de l'oratoire se dessinait parfaitement sur le ciel, insensible au glissement des jours.

Émilie respirait à pleins poumons et jouissait des effleurements du vent. Dans l'azur, au rythme lent qui leur est coutumier, des nuages calmes inventaient des figures parfois effrayantes, parfois humaines ou animalières. Ils s'étiraient et se déchiraient sans le moindre écho, sans la moindre plainte, imperturbables.

Brusquement, elle entendit :

— Bonjour, mademoiselle.

Se retournant, elle vit Jalin à quelques mètres, souriant, sûr de lui, quelques traces de contusions sur le visage. Elle hésita, puis :

— Bonjour, répondit-elle, d'un ton contraint.

— Vous avez quitté Departout ? Mais je vous ai retrouvée, je vous retrouverai toujours, ajouta-t-il avec un sourire qui se voulait conquérant. N'ayez crainte, je voulais vous parler seul à seul, gentiment.

— Vous avez quelque chose à me dire ?

— Oui, je voudrais vous commander des photos.

— Je ne travaille pas ainsi, dit-elle, en lui tournant volontairement le dos.

Jalin s'était approché d'elle, si près qu'elle sentait son souffle sur sa nuque.

Il y avait de l'hypocrisie dans ses propos, avec quelque chose de prémédité. Imbu de forfanterie, il lui lança :

— Je vous en donnerai ce que vous voulez si...

— Mais que voulez-vous ? répondit-elle, prise de panique.

À cet instant précis, il lui posa deux mains sur les épaules. Il perçut son léger tremblement.

— Je vous trouve très belle... Comment dire ? Comprenez-moi, vous me plaisez beaucoup.

Elle dégagea les mains qui la retenaient puis fit face. Maîtrisant mal sa crainte, elle répliqua :

— Laissez-moi, vous ne m'intéressez pas, c'est tout ! Je ne suis pas la fille facile que vous cherchez.

— Vous êtes le type de femme qui me plaît !

— C'est mon côté typé qui vous attire ? Vous n'êtes pas le premier, fichez-moi la paix ! Je sais quel genre d'homme vous êtes !

Surpris de cette attaque rapide et juste, il ajouta :

— Ne vous emballez pas. Il n'y a pas que Romain Departout à avoir le droit de vous approcher, vous êtes une jolie femme et plus je vous regarde...

— Laissez-moi donc en paix, s'il vous plaît. Vous faites erreur, je ne cherche pas d'aventure.

Il insistait.

— Vous me plaisez encore davantage quand vous êtes comme ça. Allons un peu plus loin, à l'écart, j'aimerais vous parler seul à seul... Je ne vous veux aucun mal, bien au contraire.

— Arrêtez ! Soyez raisonnable, je vous en prie. Laissez-moi ou j'appelle !

— Vous vous prenez pour qui ?

Jalin, qui jusque-là s'était assez bien comporté – du moins le croyait-il –, perdait son sang-froid. Il enrageait d'être refoulé ainsi. Sans doute aurait-il dû s'y prendre autrement, mais Émilie l'excitait tellement… « J'aurais pu attendre le soir », pensa-t-il.

Elle ne parlait pas, elle ne bougeait pas.

Violemment, il l'entoura de ses bras, enserrant sa taille, la pressant contre lui. Elle se débattit avec vigueur et se délivra de cette étreinte. Jalin exprimait un désir animal, tout d'instinct, une envie de dominer une esclave à sa merci. Dans la lutte, il fit tomber ses lunettes qu'il rechaussa le plus rapidement possible, mais Émilie avait vu… Elle se posa la main sur la bouche, retenant un cri d'horreur.

— Calmez-vous, vous n'obtiendrez rien de moi, rien ! Je vous en prie, laissez-moi !

— Ce soir, je vous attendrai… Il faudra bien que je vous serre dans mes bras, et je sais où vous logez.

— Je ne vous ouvrirai pas, jamais ! Vous m'entendez, jamais !

Des promeneurs, attirés par les éclats de voix, s'étaient rapprochés.

— Tout va bien, madame ? fit une voix d'homme toute proche.

Jalin répondit à la place d'Émilie :

— Rassurez-vous, nous nous connaissons.

L'inconnu le regarda fixement, tout en venant plus près encore. Jalin recula et dit à Émilie, à mi-voix :

— À ce soir…

Face à ces propos déstabilisants et cette menace non dissimulée, Émilie tenta de se maîtriser. Un autre passant intervint alors :

— Ne craignez rien, madame, calmez-vous, ce genre d'individu est plus couard que courageux. Il veut vous intimider.

Jalin simula le retrait. Puis, il tenta de se rapprocher à nouveau et, voyant que ses entreprises demeuraient vaines, s'éloigna enfin.

Il vociférait en donnant des coups de pied aux innocents cailloux ou touffes d'herbe qui se présentaient sur son passage. Une vraie crise de folie. Sa voiture, dont le moteur poussé au maximum inquiéta les passants lors du démarrage, disparut dans un nuage de poussière en quittant le parking de terre sèche et poudreuse.

Quelqu'un cria : « Il va se tuer ! »

Émilie, tourmentée, tenta de poursuivre ce qu'elle avait entamé. Elle se sentit rassurée par la présence d'un groupe de touristes non loin d'elle. Malgré son envie de fuir, elle demeura encore un moment sur les lieux, craignant de ne plus pouvoir y revenir en toute tranquillité.

Elle essayait de ne penser qu'à son travail, pour mieux capturer les éclats de lumière tout près des points d'ombre où se cachent parfois les secrets. La Chapeloune protégeait la source et demeurait silencieuse.

La crainte de rencontrer Jalin l'envahit alors de nouveau. Émilie se désaltéra et prit le chemin du retour, l'esprit perturbé. Sa sortie était gâchée.

Elle décida de se rendre chez Romain, pour l'informer des menaces de Jalin, mais elle passa d'abord à son studio. Dès sa descente de voiture, elle croisa des regards hostiles. Jalin avait-il raconté quelque chose ?

Soudain une voix inconnue, une méchante voix de femme :

— T'as intérêt à foutre le camp d'ici, et vite !

Se maîtrisant à grand-peine, Émilie se dirigea à pied vers la maison d'Alfred, plus proche que celle de Romain. Alfred, l'ayant vue s'approcher de chez lui, lui lança :

— Entrez, mademoiselle Émilie !

Elle eut la surprise de trouver Romain à ses côtés.

— Excusez-moi, mais je suis très inquiète... Je suis heureuse que vous soyez là aussi, Romain. J'ai rencontré Jalin à la Chapeloune de Vassivière. Il était fou de rage ! Il m'a agressée, a essayé de me saisir... et ceci devant tous les visiteurs.

— C'est une histoire de trop, dit la mère.

— Calme-toi, maman, calme-toi.

Émilie interrogeait Romain du regard, implorant une explication.

— Je passais tout à l'heure devant un café lorsque j'ai entendu Jalin dire que vous l'aviez provoqué près de Vassivière... Il parlait assez fort afin que tout le monde l'entende !

Émilie hésita un moment, avant de reprendre :

— Il y a une bonne heure environ, il est venu me narguer, demander des faveurs d'une façon honteuse, comme si j'étais une fille facile et sans principes, devant tous, alors que je prenais des notes à la Chapeloune, et il était furieux quand il est parti. Voilà la vérité !

— Tout de même, fit la mère, qui revenait sur son a priori. Oser vous ennuyer devant tout le monde, comme ça ? Il n'était pas ainsi, autrefois.

— Maman, tu ne connais pas Jalin ?

— Restons calmes, coupa Romain. Personne ne vous veut du mal. Ce pauvre homme ne se contrôle plus, je le surveillerai d'un peu plus près.

— Merci, Romain.

— Voulez-vous rester avec nous ce soir, mademoiselle Émilie, avec Romain ? Cela me ferait plaisir. On s'arrangera pour le souper, en toute simplicité. S'il vous plaît…

Romain sourit à Émilie, c'était sa manière à lui d'insister, de se joindre à la proposition d'Alfred. La jeune femme regarda Marthe, qui lui fit oui de la tête – pas un oui très enthousiaste, mais un oui tout de même. Elle se rangeait à l'avis de son fils, comme bien souvent, comme toujours.

Émilie se sentit prisonnière de la situation, pourtant indépendante de son bon vouloir. Elle raconta plus en détail la scène, le regard terrible et pervers de Jalin. Alfred et Romain la rassuraient.

— Plus que quelques jours encore à profiter de Besse, déclara-t-elle enfin. L'été sera bien vite parti, je vous aurai ennuyé et voilà tout !

— J'ai été ravi de vous connaître, et je ne suis pas le seul ! contredit Alfred en jetant un clin d'œil à son ami.

La mère aussi acquiesçait. Puis on parla d'autre chose, du pays de Besse, du Pavin, de l'Auvergne. Émilie expliqua son ravissement d'avoir connu la région, mais se garda bien toutefois d'évoquer ses origines. Elle remercia Marthe de l'avoir accueillie et retenue ce soir à dîner, sous son toit.

— Appelez-moi Émilie, ça me ferait tant plaisir, dit-elle, suppliant la vieille femme du regard.

Marthe Goutteviau se sentait toujours un peu gênée face à Émilie. Elle aurait voulu lui ouvrir son cœur – car enfin Émilie lui devenait plutôt sympathique – mais elle était si maladroite...

La soirée s'acheva simplement. Une journée étrange venait de s'écouler et chacun retrouva sa solitude et ses pensées profondes. « Je suis amoureuse de Romain, j'ai envie de cet homme qui me subjugue tout entière, oui... et ça, je ne l'avais pas prévu ! » Ainsi songeait Émilie, de plus en plus intensément.

8

Douce nuit

Insidieusement, la méfiance et peut-être la jalousie s'étaient installées chez Romain, qui ne voulut pas rester sans réaction face à l'attitude de Jalin. Quand il le rencontra, il s'approcha tout simplement de lui et le saisit d'une main si ferme par le col de sa veste que l'autre ne toucha plus terre.

— Laissez donc cette jeune femme tranquille, Jalin !

Jalin, serré à la gorge, ne pouvait proférer un seul mot. En retombant sur le sol, impressionné par la fermeté de son ancien partenaire, il articula :

— Je ne vous reconnais plus, Departout, nous étions des amis. Elle vous rend fou, je n'aurais jamais cru ça de vous… Non, jamais !

— Tenez-le-vous pour dit, martela Romain.

L'air dépité, Jalin le regarda s'éloigner. On aurait pu l'entendre murmurer : « Mais pour qui se prend-il, celui-là ? »

Un jour de plus s'était écoulé. Alors que le soir tombait et que la chaleur traînait encore par la ville, Romain invita Émilie dans sa maison. Il savait que bientôt elle quitterait Besse. Elle fut ravie de l'attention.

Il lui parla de son village, de son lac Pavin, mélangeant un peu tous les sujets. Il lui offrit un rafraîchissement, puis alla fermer la porte et s'approcha d'elle, plongeant son regard dans ses yeux sombres.

— Je ne sais comment vous dire...

— Quelque chose vous gêne en moi ?

Il resta plusieurs secondes comme sonné.

— Non, pas du tout, mais je ne sais pas parler de ces choses... Elles ne se disent pas n'importe comment.

Émilie ajouta, pour le bousculer et le provoquer davantage, car elle avait l'intuition de ce qui allait se passer et le souhaitait sans nul doute :

— Je suis... Peut-être voulez-vous que je parte ?

— Bien au contraire, je voudrais vous avouer que...

Mais il s'éloigna d'elle, aussi maladroit qu'un adolescent. Elle percevait son trouble mais ne l'aidait pas. Il s'immobilisa, marmonna quelques mots entre ses dents.

Elle se leva et fit un ou deux pas vers la porte. Alors, il se dirigea vers elle, lui prit ses mains, ses si belles mains qui avaient opéré leur charme depuis le début, et les porta à ses lèvres. Elle esquissa un doux sourire qu'il ne vit pas.

— Je voulais vous dire, mais c'est plus fort que moi... Je crois que...

Pour toute réponse, il entendit :

— Je suis là, rien que pour vous.

Elle s'approcha et lui tendit ses lèvres, qu'il prit tendrement. L'essentiel n'était-il pas qu'elle demeurât tout contre lui ?

Le cœur de Romain battait la chamade. Entre deux baisers, Émilie lui souriait, avec ce sourire qu'il ne lui avait jamais vu auparavant. Il serrait enfin dans ses bras la douce Émilie... Enfin !

Ils cédèrent à leur envie d'amour et la nuit passa, merveilleuse, dans cette chambre d'homme qu'elle n'avait pas eu le temps de découvrir. La pendule, indifférente aux choses de la vie, marqua comme toujours ses heures et ses demi-heures, avec une régularité totale.

La clarté du jour les réveilla et les fit sourire. Romain ne rêvait pas. Comme elle était belle, cette jeune femme ! Il la regardait sans cesse. Sa chevelure lui ombrageait un peu le front. Ses cheveux longs, défaits, recouvraient ses épaules. Il les relevait parfois d'un geste tendre pour déposer sur sa nuque un doux baiser ou simplement les effleurer de ses lèvres.

Émilie avait dans les yeux ce quelque chose de mélancolique qui la rendait fragile et davantage désirable. Romain n'était plus le même homme. Il lui répéta :

— Tu me plais tellement, Émilie.

Dans son esprit, d'étranges projets se dessinaient, cependant Romain savait qu'il vivait là une situation exceptionnelle... Sans doute extrapolait-il ? Émilie était-elle trop jeune ? Avait-il, lui, les cheveux trop grisonnants ? Que faire pour conserver le si grand bonheur qui venait de lui être révélé ?

Romain ne put s'empêcher de lui poser la question :

— Comment se fait-il que tu sois seule ? Je veux dire, sans... Excuse-moi, je n'ai pas le droit de poser de telles questions, se rétracta-t-il.

Émilie marqua un silence, avant de se décider à lui répondre :

— Je n'ai pas toujours été seule. J'ai été mariée de vingt-deux à vingt-neuf ans. Depuis mon divorce, il y a six ans, je dois te dire que tu es le premier homme... Ne te moque pas de moi, c'est la vérité.

Il ne disait mot.

— Romain, dès l'instant où nos regards se sont rencontrés, une attirance progressive s'est installée en moi et, jour après jour, je ne pouvais me passer de ta présence... Je n'ai pas résisté. Je dois t'avouer que j'ai pris plus que nécessaire des photos de ta maison et de ses alentours, c'était devenu un prétexte pour te voir. Peut-être l'avais-tu compris ?

Il lui rendit un sourire complice.

— Nous avons passé une nuit merveilleuse ensemble ! Merveilleuse !

Elle se contenta de soulever ses paupières et de les laisser retomber.

— Puisque je t'ai rencontré, je pense que rien n'est impossible. Il suffit d'avoir de la patience, de la chance ou je ne sais quoi encore.

Enfin, quelques paroles d'espoir... Mais Romain restait silencieux. Quelque chose le tracassait.

— Émilie, Émilie...

Elle se blottit contre lui, dans la tiédeur du corps de cet homme mûr. Cela la rassurait, et elle voulait prolonger le plus possible ce contact, qui lui procurait le sentiment d'une certaine sécurité, peut-être. Les grosses mains de Romain se mêlaient aux siennes, qu'il ne se lassait pas de baiser.

— Il faut pourtant se lever, dit-il. Je vais te préparer le petit déjeuner, tu veux bien ?

— Rappelle-toi, nous n'avons pas dîné hier soir, nous n'avons pas eu le temps.

— C'est vrai et je n'y ai plus pensé, tu m'as fait perdre la tête ! Pardonne-moi, Émilie, je suis désolé.

— Moi, j'ai faim, très faim...

— En attendant, tu seras la première femme à utiliser la salle de bains. Tu es chez toi, Émilie.

Cette expression « chez toi » la surprit agréablement, la rassura.

Romain dorait les tranches de pain. Émilie se sentait heureuse, nue et ruisselante sous la douche. Elle entendit soudain un petit bruit contre la porte et l'entrouvrit sans gêne. Romain fut surpris quand elle l'attira contre elle. Ils riaient tous deux. Il prit la douchette et, tendrement, fit couler sur ses épaules cette eau tiède en lui relevant la chevelure.

— Je t'en prie Romain, je t'en prie...

Il aurait voulu lui dire : « Tu es trop belle, jamais encore je n'avais rencontré une femme aussi belle », mais il n'avait pas la manière pour dire ces mots.

Baisers tendres. Une odeur âcre de pain brûlé le rappela à l'ordre. Éclats de rire.

La maison aux clématites protégeait-elle depuis la veille une tendre histoire d'amour ? Il eût fallu, cependant, afin que la vie fût belle à tout jamais, que s'éternisât cet instant magique où le destin réunissait Émilie et Romain. Ils en oubliaient l'heure, le jour, le temps…

Au dehors, tout n'était peut-être pas aussi clair et beau. Solange et Jalin ne se gêneraient pas.

Dans la maison de Romain, une décision brutale :

— Je pars très bientôt, tu sais, la fin des vacances approche.

— Je redoutais ce moment… Ne peux-tu rester quelques jours chez moi ? Nous avons déjà perdu du temps, ne crois-tu pas, Émilie ? Toi et moi…

— Parfois, j'aurais voulu te dire que tu me plaisais, mais le courage ne m'était pas encore venu. Comme la Loire, je viens de naître d'une source, dessinant mon chemin en te bousculant sur mon passage, dit-elle en éclatant de rire, un rire plein d'une joie non retenue.

— Explique-moi enfin le fond de ta pensée.

Cette histoire d'eau commençait à agacer Romain.

— J'avais tout rejeté et m'étais confinée dans un lieu de solitude. Je viens de trouver un soleil et je n'y étais pas préparée.

Romain, étonné, l'observait avec tendresse et admiration.

— Même si cela peut te paraître bizarre, depuis mon divorce, j'avais décidé de ne pas chercher à rencontrer d'homme. Le temps passait ainsi. Puis, j'ai eu envie de venir ici, et voilà…

Romain manifestait autant d'inquiétude que de surprise, réfléchissant à tout ce qui venait de se passer en quelques jours dans sa vie.

— Tu pars vraiment bientôt ?

— Oui, Romain.

— Émilie, peut-être pourrions-nous envisager autre chose… ?

— Je t'ai surpris dans ta tanière. Ton cœur, comme le mien, était en jachère – c'est bien le mot qu'on emploie à la campagne ? Je t'ai presque volé au temps… Tu hésites, tu ne sais pas dire les mots, les phrases, et c'est bien ainsi.

— Que se passe-t-il, Émilie ? Je souhaiterais… maintenant que tous les deux…

— Chut, c'est trop, c'est beaucoup trop rapide ! Tout va trop vite et toi, tu veux déjà mon cœur !

Émilie était-elle sincère ? Pourquoi refuser l'évidence ? Cette aventure, elle l'avait pourtant souhaitée, tout au moins depuis quelques jours.

Romain, abasourdi, ne pouvait rien ajouter. Il était anéanti. Elle avait dit : « C'est magnifique. » Elle parlait donc bien au présent ?

— Je savais en arrivant ici qu'il se passerait quelque événement. Cet événement, c'était toi ! Tu es l'homme que je n'avais pas prévu.

— Alors, reste ! Je dois être trop maladroit, je le reconnais… Je n'ai pas l'habitude de ces situations, il est vrai…

— Ne te fâche pas, Romain.

— Regrettes-tu ce qui nous est arrivé ?

— Tu me blesses…

— Loin de moi l'idée de te faire du mal. Nous avons une différence d'âge, c'est vrai… Est-ce cela que tu n'admets pas ?

Le mystère dans lequel elle semblait se complaire l'horripilait, lui, furieusement.

Mais son sourire savait tout effacer en une seconde et Romain acceptait bien volontiers ce subterfuge. Les pains grillés et beurrés, la bonne odeur du café et de la confiture parachevaient ce matin de bonheur aux parfums sucrés ! Certes, ils eussent pu tourner les talons chacun de leur côté sans que le monde eût à s'en soucier, mais l'homme ne l'entendait pas ainsi. Il serait patient.

Romain savait qu'au fond de lui-même naissait une folle espérance, oui, une folle espérance. Si folle ou déraisonnable fût-elle, il ne fit rien pour anéantir cette nouvelle réalité en lui : l'espoir !

Dans la tête d'Émilie, les choses se bousculaient de la même façon. « J'ai eu envie et besoin de cet homme, mais je n'avais pas imaginé qu'il me demanderait de rester. Je ne le regrette pas. Pourquoi ne puis-je pas me libérer totalement ? »

Elle ressentait un besoin de dire la vérité, l'histoire de sa famille. Soudain, des pensées se transformaient en questions. Pourquoi cette vieille interdiction de revenir dans ce pays ? Et pourquoi donc avait-elle obéi aveuglément à sa mère ?

Avait-elle été manipulée ? Elle revoyait les policiers l'interroger lors de la mort de sa mère. Aujourd'hui, ce besoin fort de respirer le pays de ses grands-parents, le sien !

9

Le roncier noir

Après avoir réalisé quelques emplettes, Émilie s'apprêtait à préparer ses bagages pour le lendemain, jour de son départ obligé. Son travail reprenait le lundi matin. Elle irait chez Romain dans la soirée, peut-être y demeurerait-elle assez tard…

Quelque chose d'incontrôlable se passait dans sa tête. Elle eut envie de marcher, de beaucoup marcher.

En robe légère, elle allait prendre encore une fois un bain de pays, un bol d'air, de parfums, de bien-être, les cheveux en liberté.

Près de la maison aux clématites, Romain et Mouche semblaient attendre. Romain, songeur, assis sur une chaise de jardin, observait tantôt sa maison, tantôt le voisinage et surtout le chemin. Rien qui ne ressemblait plus à son ordinaire. Soudain, ses yeux se portèrent machinalement sur une silhouette qui titubait, approchant avec peine et difficulté. Mouche se précipita vers elle. Romain mit plusieurs secondes à identifier Émilie et s'élança à son tour.

Méconnaissable, ensanglantée, elle s'effondra dans les bras de Romain, la robe déchirée en maints endroits.

— D'où viens-tu ? Que s'est-il passé ? Que t'est-il arrivé ?

Il la transporta dans la maison, la déposa sur son lit, la calma, lui donna à boire et appela un médecin. Elle ne voulait pas, mais il insista.

— Allons, raconte-moi... Tu es tombée dans un roncier ?

— Oui, répondit-elle, des larmes plein les yeux – des yeux qui avaient encore peur.

— Ne dis rien, remets-toi, tout va s'arranger, je vais m'occuper de toi, Émilie. Après, tu m'expliqueras.

Elle tremblait ; il la rassura de son mieux. Ses vêtements étaient en lambeaux, ses cheveux mêlés de feuilles de ronces, de brindilles et de sang. Son visage griffé, ainsi que ses bras, ses jambes, ses pieds effrayaient Romain.

« On l'a attaquée », pensa-t-il.

Elle se calma et fit ce récit :

— Je me promenais, tranquille, rêvant, profitant de tout, sans bien savoir où j'allais. J'observais un roncier en contrebas, perchée sur le vieux mur qui soutient le sentier. Quelques ronces plus hautes offraient des grappes de mûres bien tentantes. Alors, pour les atteindre, j'ai perdu l'équilibre et voilà le résultat !

— Il n'y a qu'un endroit qui soit bourré de ronces. On l'appelle ici « le roncier noir » et il se trouve près d'une vieille cabane, dans un cul-de-sac. Impénétrable.

— C'est sûrement là. Pour mon dernier jour, c'est réussi !

Romain était effrayé.

— J'aurais pu perdre la vue… Jamais je n'aurais imaginé que des ronces puissent être aussi dangereuses, blesser aussi horriblement.

— Quelle idée de se fourrer dans un endroit pareil ! Il n'y a que toi pour…

— Je sais, Romain, je sais, tout est ma faute…

— Personne ne t'a vue ainsi ? Personne ne t'a porté secours ?

— Je me suis cachée le plus possible pour venir jusqu'ici…

Quand le médecin arriva, il eut ce mot :

— Si vous étiez tombée dans le roncier noir, ce ne serait pas pire. Vous avez la peau toute labourée par endroits.

— Vous connaissez ces lieux ?

— Seuls les sangliers peuvent y pénétrer et en sortir… En ce qui vous concerne, je dois vous envoyer aux urgences, il y a trop de plaies. C'est du domaine des spécialistes, pour éviter le plus possible les cicatrices… Mais rassurez-vous, vous allez bien.

— Docteur, je vais la conduire aux urgences moi-même.

— Je les préviens. Ce n'est pas d'une gravité extrême, mais je préfère agir de cette façon. Ils s'occuperont ainsi de vous sans vous faire attendre.

Et la 4L blanche prit la route de Clermont-Ferrand, en direction du centre hospitalier.

De multiples soins et divers sérums furent nécessaires à Émilie. Le nombre d'écorchures et d'égratignures, dont certaines étaient très profondes, avec des épines encore incarnées, surprit les internes.

— Nous avons rarement vu autant de plaies, dirent-ils.

Romain, maladroit et inquiet, la rassurait de son mieux.

Émilie craignait que son visage ne fût marqué à vie.

— Sais-tu à quoi je pensais, tout juste avant l'incident ?

— Certainement pas, tu as des idées tellement...

— Je regrettais de n'avoir pas fait de photos au coucher et au lever du soleil sur le Sancy. Ce doit être magnifique, là-haut.

— Les télécabines ne fonctionnent qu'à partir de 9 heures le matin et s'arrêtent à 17 h 20. Il ne te restait que l'ascension à pied avant l'aube et la descente après le coucher du soleil...

— J'aurais dormi là-haut.

— Les gendarmes qui patrouillent en montagne te l'auraient interdit.

Émilie ajouta :

— Un lever de soleil sur le Sancy, ce doit être féerique !

— Il y a quelque chose de plus beau encore : ton sourire, Émilie Martenet ! Pour le moment, demeure tranquille.

Il prit les mains d'Émilie et les pressa délicatement sur son visage.

— Tu es une sacrée fille !

Les jours passaient. Émilie guérissait doucement et préparait son retour prochain à Paris, retardé de plus de dix jours pour cas de force majeure.

Les égratignures superficielles étaient presque cicatrisées. Aux dires des médecins, certaines blessures profondes nécessiteraient encore une huitaine de jours pour guérir, les épines ayant profondément labouré sa chair.

Romain déjeunait chaque jour au café de la place, comme à son habitude, avant de rejoindre Émilie à Clermont.

Alfred et M. Cassière avaient envoyé des fleurs à la convalescente. Délicate attention. À Besse, personne d'autre n'avait remarqué l'absence de la jeune femme et c'était bien ainsi.

— Pour le dernier soir, viens dormir chez moi, Émilie. Je préparerai ta voiture et tu partiras à l'aube si tu veux.

Émilie accepta.

— Je garderai certaines cicatrices à vie. Dont celle-ci, dit-elle en tendant le visage vers Romain.

Un pansement protégeait encore une plaie qui allait de l'oreille vers le menton. Romain fit semblant d'ignorer la gravité de la chose. Il détourna les yeux et elle se sentit agacée par son attitude.

— Tu ne me regardes pas ?

— Je sais qu'un jour il n'y paraîtra plus, j'en suis convaincu. Rassure-toi, tu as été très bien soignée.

— Je peux cacher les autres marques : sur mes cuisses, ma poitrine, mais là...

— Pour moi, le principal ne se voit pas. Me comprends-tu ? dit-il avec ce sourire merveilleux qu'il savait lui prodiguer comme un baume.

Dans le cœur de cet homme, l'ombre d'une absence à venir le tourmentait déjà.

Il y avait un paquet joliment enrubanné sur le buffet de chêne. Il le prit.

— C'est pour toi !

Émotion, surprise. À l'intérieur, trois volumes : les trois tomes de *La Reine Margot*, d'Alexandre Dumas.

Il ajouta :

— Tout ce qu'il manque sur l'histoire, je te le raconterai plus tard. Je connais des détails que Dumas ignorait sans doute... Lorsque tu reviendras, nous reparlerons de la reine Margot. Tu n'es pas au bout de tes surprises !

— Oh ! dis-moi, s'il te plaît !

— À ton retour à Besse, promis !

Elle souriait, sachant que Romain ne mentait pas.

10

La sculpture de rêve

Émilie quitta l'Auvergne avec dans le cœur des impressions bien étranges. Elle se sentait sûre d'une seule et unique chose : elle était amoureuse de Romain. Dans ses pensées en désordre se mélangeaient l'amour qu'elle portait à cet homme et des souvenirs amers.

Dès son arrivée à Paris, elle lui téléphona. Ils s'étaient promis de s'appeler souvent. Tout allait bien en apparence, même si le merveilleux n'avait duré que peu de temps, trop peu de temps.

L'absence d'Émilie avait créé pour Romain un grand vide. Cette femme qui avait bouleversé son existence lui occupait constamment l'esprit. Elle était désirable et jeune, tandis qu'il se voyait ancré en l'automne tranquille de sa vie. Les jours passaient.

Romain se rendait chaque jour chez Alfred et, au bout de quelques minutes, ne trouvait plus rien à lui dire. Alfred, qui connaissait son ami, ne le brusquait pas. Tous deux laissaient filer le temps ainsi. Marthe préparait le café, le servait et les laissait à leur amitié et à leurs discussions.

— C'est une femme qui cache un secret, répétait souvent Romain. Ce séjour à Besse…

— Il y a quelque chose d'envoûtant dans ce visage. Ses yeux provoquent une attirance presque diabolique, je veux bien le croire. Elle me plaît, cette Émilie. Je me damnerais pour elle, oui, crois-moi, je me damnerais, Romain !

Puis, pensant qu'il avait exagéré, Alfred tempéra :

— À ta place, je ne me poserais pas tant de questions. Si elle tient à toi, elle reviendra.

— Que veux-tu qu'elle fasse ici, à Besse ? Elle n'y a pas d'attaches familiales et, de plus, n'y compte pas que des amis.

— Es-tu sûr qu'elle t'aime ?

— Je ne sais pas… Je n'ai jamais bien su avec les femmes, tu le sais bien. Pourtant, avec Émilie, j'aurais pu faire… ce qu'elle aurait voulu. Elle n'avait qu'à demander. J'ai même pensé un jour tout lui donner pour la garder, elle me troublait tellement ! Elle avait une fierté particulière. Alors, comme un imbécile, je ne lui ai rien dit… La différence d'âge, ça peut choquer et faire obstacle.

— Tu es ridicule, Romain.

Jalin avait enfin trouvé du travail, dans une entreprise de maçonnerie. On ne le voyait plus à Besse. Seule Solange, fidèle à son poste, côtoyait encore Romain mais elle ne lui parlait guère. « On dirait qu'elle se calme ! Sans doute parce qu'Émilie est partie. »

Puis Romain vécut une période de déprime et de doute. « Après tout, songea-t-il, ce n'est qu'une histoire de rien du tout, une histoire d'homme et de femme qui se rencontrent et qui couchent ensemble. C'est vieux comme le monde. Que peut-il arriver de plus ? Arrête d'y penser, tout ça n'en vaut pas la peine. Mais… »

Alors que Romain farfouillait dans sa remise, déplaçant des morceaux de bois, une idée lui vint subitement, comme toutes celles qui arrivent on ne sait comment. La pensée d'Émilie ne le lâchant pas d'une journée, il imagina de sculpter son effigie. Il se souvint d'un paysan qui avait débarrassé un verger de ses vieux arbres. Avait-il conservé les grumes ? Il décida sur-le-champ de lui rendre visite. Romain eut de la chance : l'homme avait entassé le bois à l'abri des intempéries, un ébéniste le lui ayant retenu. Le marché fut vite conclu, un seul tronc d'arbre lui étant nécessaire.

Alfred lui déclara qu'il était fou – en souriant, bien sûr, pour le chambrer et lui donner du courage.

— Si tu as le temps, fais-moi aussi une belle femme. Tu sais bien que je suis tout seul…

— Je viendrai te chercher, tu me tiendras compagnie chez moi, sinon tu ne me reverras pas de sitôt. Il me faudra du temps pour réaliser ce chef-d'œuvre, je veux qu'il soit parfait. Es-tu d'accord ?

— Je vais faire motoriser mon fauteuil... J'espère que c'est possible, ce sera plus commode pour te rendre visite.

— Quand tu te décideras vraiment, préviens-moi ! Je te l'ai déjà dit cent fois, je veux participer à cet achat.

— Je ferai venir sur place un représentant de la société Médica 63. Ces gens dont je t'ai parlé, tu sais, à Clermont... Je t'avertirai, peut-être m'aideras-tu à choisir ? Je dois avoir encore les derniers devis.

— Je compte sur toi, Alfred.

Romain rejoignit sa maison en sifflotant et, heureux de sa décision, il se mit au travail. Il combattait l'ennui par la création.

Il imaginait déjà la première esquisse, la première allure. Il avait une méthode toute personnelle, n'ayant jamais appris la sculpture sur bois, ni sur aucun autre support. Dans sa remise, il conservait des écorces de sapin, choisies dans de grosses croûtes de trois ou quatre centimètres d'épaisseur, de quarante centimètres de long et de cinq centimètres de large environ. Avec son rabot, il leur façonnait quatre côtés, réalisant ainsi de petits chevrons qu'il collait ensemble pour obtenir un volume d'une section de douze sur douze. Dans cette masse très tendre, à la lame de son couteau, il ébauchait une première forme, une esquisse.

Il modifiait, coupait, rajoutait, recollait. La matière se prêtait à ce travail. Trois jours durant, Romain ne quitta son atelier que pour aller déjeuner. Alfred lui fit savoir qu'il voulait le voir.

Departout avait un peu oublié son ami, tant il se consacrait à sa besogne.

En sortant du café-restaurant, Romain se rendit chez Alfred. C'était bien rare que celui-ci l'appelât.

— Il faut que je te dise, Romain, j'ai eu un coup de téléphone. Devine qui parlait au bout du fil ?

— Émilie. C'est elle, n'est-ce pas ?

— Non, pas Émilie, mais Nicole.

— Nicole ?

— Eh oui ! À ma grande surprise. Je ne reconnaissais pas sa voix.

— Que voulait-elle ?

— Elle souhaitait savoir comment tu allais, tout simplement. Et comme elle connaît notre amitié, elle a pensé que c'était plus facile ainsi.

— Je me doutais bien qu'un jour elle réapparaîtrait mais, pour l'heure, je l'avais totalement oubliée.

— Aujourd'hui, il y a l'autre, celle à qui tu penses sans cesse, n'est-ce pas ?

Il marqua un silence avant de répondre, puis, levant le regard :

— Elle ne t'a rien dit de particulier ?

— Non... Elle ne m'a pas expliqué d'où elle appelait, mais elle a ajouté : « À bientôt peut-être. »

— Merci, Alfred. Je dois y aller. À bientôt, conclut Romain en fronçant les sourcils.

Il rejoignit sa maison. Quelques instants plus tard, il en ressortait en compagnie de Mouche, équipé pour une longue randonnée, heureux ainsi, pourvu qu'il pût offrir son visage à l'air vif et marcher en silence, son chien à ses côtés. Mais il voulait évacuer au plus vite un malaise envahissant. Romain Departout jurait intérieurement contre Nicole. Elle revenait au mauvais moment.

Il n'avait plus besoin d'elle, trop tard ! Au printemps passé, il aurait sans doute réagi différemment, son cœur était libre alors. Depuis, Émilie avait semé une graine mystérieuse dans ses sentiments, une graine qui avait germé et s'était enracinée.

Machinalement, il s'adressa à son chien :

— Tu vois, Mouche, comment sont les femmes ? Un jour oui, un jour non, un jour on t'aime et puis le lendemain on ne t'aime plus... Et moi, voilà où j'en suis... Là, tout seul avec toi.

Il devint silencieux. Cette année s'écoulait différemment des autres. Le chien le comprenait certainement, ravi d'arpenter la campagne en compagnie de son maître.

Presque deux mois, déjà, s'étaient écoulés depuis le départ d'Émilie. Ils se téléphonaient toutes les semaines.

Romain, sans s'en rendre compte, dit encore à Mouche :

— Tu l'aimes toi aussi, Émilie ? Elle voudrait être l'eau, tu te rends compte ! L'eau d'un ruisseau, sans doute, une idée bien déroutante !

Ses pensées le tiraillaient autant que ses jambes, sur ces terres difficiles, pentues, tantôt couvertes de landes, tantôt de forêts, de fougères ou de bosquets. Il se faufilait entre les barbelés des clôtures ou gravissait les vieux murs devenus plus larges que hauts. La marche, pourtant salutaire, ne lui vidait pas l'esprit. Un étau enserrait sa tête, malgré le vent, l'air frais.

Il décida de s'accorder une halte, s'assit sur le bord d'un talus et appela Mouche pour l'avoir près de lui.

— Et revoilà Nicole ! Tu ne la connais pas, celle-là, mais c'est trop tard, trop tard !

Il ponctuait ses mots en frappant le sol de son bâton.

Dans sa mémoire, une histoire d'amour inachevée, celle de Nicole qu'il attendait sans vouloir se l'avouer. C'était son premier, son seul et vrai amour, dont le dénouement imprévisible autant que saugrenu avait déterminé son célibat.

Ils s'étaient connus quelques mois seulement avant son départ pour le service militaire. Le temps de l'armée s'était écoulé avec l'échange de nombreuses lettres, débordantes d'ardeur et de promesses. Au retour de Romain, elle lui céda – ainsi l'on disait – et lui annonça deux mois plus tard qu'elle était enceinte. Puis, elle s'enfuit pour la capitale. Réaction totalement inattendue... Quant à lui, Romain, n'ayant pas été repris par son ancien employeur, alors en difficulté, venait de signer un contrat de travail chez Michelin.

Elle lui écrivit, l'informant sans scrupules que l'enfant n'était pas de lui. Elle lui précisa son futur mariage avec M. Freth : Alain Freth, patron d'une grosse affaire à Paris. Tout allait bien trop vite et cette manière de se conduire dépassait l'entendement. Romain Departout fut bouleversé par ces événements. Ses parents lui firent comprendre que ce n'était pas une femme pour lui, ils avaient peut-être raison... Mais cette fille, il l'avait dans la peau et ne se résigna pas à laisser tomber. Il voulut la retrouver, coûte que coûte !

Il quitta l'Auvergne et son ami pour la capitale et celle qui l'attirait tant.

Après bien des recherches, il découvrit où se cachait Nicole, qui lui fit promettre de ne plus jamais chercher à la revoir. Elle s'appelait bien Mme Freth, désormais, et ne manquait de rien, ayant accédé par ce mariage à un rang social supérieur... Romain, frustré, lui en voulut, bien sûr. Mais, au fond de lui, il espérait... Il en était toujours épris.

Il dut se rendre à l'évidence.

Le temps passa : métro, boulot, dodo ! Paris l'absorbait, le consommait, le submergeait. Des femmes entrèrent dans sa vie sans qu'il décidât d'en épouser une, et les années s'écoulèrent ainsi. Il ne pensait plus guère à Nicole lorsqu'il la croisa un jour, tout à fait par hasard. Quinze ans avaient passé. Ils discutèrent un long moment, aussi surpris l'un que l'autre de ces retrouvailles inopinées. Chacun s'informa de la vie de l'autre, puis elle lui avoua, un peu triste, que son existence avait beaucoup changé depuis le décès de son fils, à l'âge de trois ans. Elle n'avait pas eu d'autre enfant. Elle lui avoua que le petit était bien son fils à lui. Ce fut là un coup de poignard terrible.

Choc violent. Il pensa à cet enfant qu'il n'avait jamais serré dans ses bras, ni vu sourire, ni vu marcher, vivre. Ce petit garçon était bien le sien. Il lui fallut beaucoup de courage et de sang-froid pour se maîtriser.

Il revenait de plus en plus souvent à Clermont-Ferrand, revoir la terre de son enfance, marcher au pied des volcans. Il aimait retrouver son pays et Alfred, son ami.

— Oublie donc cette femme, nom de Dieu ! Il y en a des milliers et l'une d'entre elles saura bien te rendre heureux... Tu fous ta vie en l'air. Ah ! si j'étais à ta place...

Romain opinait du chef sans jamais répondre, frustré par le passé, sachant cependant que son ami avait raison.

— Tu as vraiment la tête dure ! ajoutait Alfred en faisant pivoter son fauteuil pour marquer davantage ses sentiments.

Quelque temps après, Romain Departout rencontra de nouveau Nicole, dans un café. Une rencontre fortuite. Elle avait divorcé et travaillait comme vendeuse dans une boutique de prêt-à-porter. Ils parlèrent un moment d'autrefois, évoquèrent le présent... Romain éprouvait toujours des sentiments pour Nicole.

— J'ai tout gâché, reconnut-elle. Pourtant, te rappelles-tu, nous deux ?

Il répondit par un long silence, lourd et cependant dénué de cruauté. Elle reprit :

— Je me suis très mal conduite, j'étais si jeune et trop prétentieuse, je le reconnais.

Elle baissait les yeux, attendant sans doute des mots qu'elle espérait encore.

— N'as-tu pas envisagé de revenir au pays ?

— Retourner au pays ? C'est trop difficile, mes parents ne comprendraient pas, tu sais bien comme ils sont...

— Tu peux revenir sans habiter chez eux, que je sache !

— Ils aimaient mon petit Roger, mon fils, sans pourtant bien le connaître. Les occasions de venir à Clermont-Ferrand étaient si rares, le temps a passé si vite, sans que l'on s'en rende bien compte...

Après un instant de silence, elle ajouta :

— Je pense toujours à mon pays natal.

— Moi aussi, vois-tu, et je sais que j'y retournerai un jour.

— J'aimerais repartir de zéro, comme au temps de nos vingt ans...

Elle s'échappa dans un rêve étrange, les yeux au loin, puis posa la tête sur ses bras, croisés sur la table, comme on ferme une fenêtre lorsqu'un orage se prépare. Aimait-elle encore cet homme ?

Après un long silence, il y eut une lueur d'espérance dans leurs regards, qui demeura un instant partagée, avant de se dissiper d'un commun accord. Depuis ce jour, ils ne s'étaient jamais revus. Dans son for intérieur, Romain avait largué les amarres.

Il caressa l'animal plus affectueusement que d'habitude. Mouche ne s'en plaignit pas, elle le comprenait. Plusieurs minutes passèrent ainsi, dans une connivence parfaite. Sentant monter en lui une certaine mélancolie, il soupira :

— J'ai bien d'étranges pensées, tout à coup... Allez, Mouche, on repart, faut pas se laisser engourdir le cerveau, cette histoire est enterrée.

Ils reprirent ensemble leur marche, jusque tard dans la soirée. De retour à leur maison, il saisit la statuette d'écorce brun rougeâtre, la serra dans ses mains.

— Je vais la sculpter nue, c'est ainsi que je la veux, mon Émilie.

Il venait de dire « mon Émilie », tout simplement, sans même s'en apercevoir.

— Tu vois, Mouche, c'est Émilie... Qu'en penses-tu ?

L'artiste tendit à l'animal l'ébauche assez avancée, en souriant.

— Ce sera mon chef-d'œuvre. Je vais lui offrir l'éternité. Je vais la faire lisse comme de l'eau, voilà une idée qui vient à point. Celle qui est l'eau, tu comprends ça, toi ?

Puis il tourna et retourna l'objet entre ses mains. Certain qu'il avait vécu un grand bonheur quelques semaines plus tôt, il se demandait maintenant comment y survivre.

Quand l'amour éclate dans le cœur d'un homme, c'est parfois plus intense qu'un tremblement de terre, et rien n'arrête le phénomène, ni la souffrance de l'instant, ni l'incertitude du lendemain.

Mouche avait rejoint sa niche, près de l'appentis. Romain se coucha très tard ce soir-là, l'esprit accroché à des souvenirs récents, à un visage qui lui souriait, à un corps de rêve...

Dans son atelier, Romain poursuivait son travail. Une envie forte, terrible, une passion le soutenait. Comment appelle-t-on une telle exaltation ?

Le dégrossissage commençait. Le maillet cognait sur le manche du ciseau, qui renvoyait les copeaux dans les airs. La chair du bois livrait ses entrailles où la vie s'était arrêtée, les innombrables canaux de sève s'étant asséchés. Une seconde vie attendait cet arbre, un autre destin : celui de représenter un corps, une forme parfaite d'espoir.

La matière noble, magnifique par sa couleur, ajouterait à la beauté de l'œuvre. Romain retrouvait aussi ces odeurs de bois qui faisaient renaître en lui le souvenir de son atelier parisien. Qu'y avait-il aujourd'hui à son emplacement ? Un rond-point ? Un supermarché ? Il ne s'en souciait guère et n'y reviendrait jamais.

Mesurer, rapporter, vérifier, équilibrer... La sculpture se révélait.

Mouche, vigilante compagne, assistait à la transformation de la matière, dans la posture savante d'un chien qui fait semblant de dormir, fidèle et attentif.

Des jours entiers s'écoulèrent ainsi. Le travail s'accomplissait. Les outils, entre les mains expertes de Romain, continuaient leur œuvre. Les formes naissaient, les lignes se dessinaient. Dans les gestes du sculpteur se mêlaient la force et la tendresse. Le contact de la matière avec ses doigts le confortait.

Parfois, il lui semblait que ce n'était plus du bois, mais de la vie tiède qu'il avait dans les mains, à profusion. Il imaginait la femme dans sa plastique naturelle, cette splendeur qu'il avait découverte un soir d'été. Une beauté !

— Viens à Paris, Romain, j'ai besoin de te revoir.

— As-tu des problèmes ? Émilie...

— Je veux te voir, j'ai besoin de te rencontrer, j'ai...

Elle ne termina pas sa phrase. Déjà, Romain intervenait :

— D'accord, Émilie, je viens, j'arrive !

Il n'attendait au fond que ces paroles. Ce qu'elle ajouta d'autre dans la conversation n'avait plus d'importance.

Il raccrocha le combiné et, s'adressant à Mouche :

— Elle a besoin de moi, Mouche, alors je vais aller la voir, tu es d'accord ?

La chienne, bien entendu, trouvait certainement son maître un peu bizarre, mais elle semblait partager – d'après son regard – les dires de Romain. Elle aimait bien Émilie, elle aussi, à sa manière.

Heureux depuis la nouvelle, envahi d'allégresse, Romain ne tenait plus en place.

La statue d'Émilie trônait sur un piédestal, au salon. Romain Departout rentrait, sortait, touchait la sculpture pour se rassurer, ne cessait de l'améliorer, au papier de verre et à la laine d'acier, de lisser ce corps qu'il voulait parfait, fluide.

Émilie était représentée telle une reine, relevant des deux mains ses cheveux qui retombaient dans l'espace. Parfois, l'ombre de l'œuvre suggérait sa présence réelle.

Le jour même, il se rendit chez son ami. Il avait besoin de lui faire part de ces bonnes nouvelles.

Alfred aussi allait être rempli de joie, pensait-il. Entre ces deux-là, il n'y avait pas de secrets... On put voir Romain arpenter les ruelles de Besse, le buste droit. Perdu dans ses pensées, sifflotant, il marchait fièrement, accompagné de son chien.

Il annonça la nouvelle à son ami, puis, très enthousiaste :

— Après déjeuner, je t'emmène à Clermont, d'accord ?

— Tu as des courses à faire ?

— Tu verras. On doit y aller depuis pas mal de temps déjà... Disons que c'est pour aujourd'hui, si tu le veux bien. Mais je sais que tu es d'accord.

— Je vois bien que tu ne tiens pas en place, alors c'est oui.

— Vous allez faire les jeunes ? dit la mère. Il serait bien temps d'y penser un peu !

— À tout à l'heure, je compte sur toi, ajouta Romain.

Lorsqu'il eut quitté la pièce, Marthe s'adressa à son fils :

— Que lui arrive-t-il ? Je ne le trouve pas comme les autres jours.

— Il est tout heureux. Excité, même, ce n'est pas si souvent. De bonnes nouvelles sont arrivées pour lui. Tu sais bien, Émilie, la femme de cet été, elle lui a demandé d'aller la voir à Paris. Alors, Romain est déjà au septième ciel !

— Il ne manquait plus que ça. Et vous allez à Clermont pour fêter l'événement, c'est bien ça ? Après tout, marmonna-t-elle, ça ne me regarde pas, c'est bien vrai. Tu vas te préparer, te changer un peu.

— Ne te fais pas de souci, maman, je n'ai plus dix ans.

— Je sais, mais tout de même, je vous connais, tous les deux...

Les deux compères quittèrent Besse dans la 4L blanche. Romain avait troqué ses galoches pour des chaussures de cuir, et Alfred avait mis du propre sur les conseils de sa mère, comme d'habitude.

— Où allons-nous ?

— Je t'avais promis une voiture, tu vois ce que je veux dire ? Aujourd'hui, j'assure le rôle du Père Noël !

— Pourquoi te décides-tu si vite ?

— Écoute-moi bien, Alfred, Émilie veut que j'aille la voir. Je n'ose pas y croire. Moi, je suis heureux, et quand on est heureux comme ça, il faut partager ces moments-là. Je veux te faire plaisir, tu es mon ami et j'ai des sous, tu le sais.

— Tu exagères, Romain... Paie-moi donc un bon repas et ce sera très bien ainsi, tu n'as pas besoin de...

— C'est décidé. Médica 63 a du matériel, des nouveautés comme ils disent, j'ai vu la réclame dans le journal. Nous prendrons un modèle motorisé et tu grimperas les côtes facilement ! Tu pourras même venir jusqu'à la maison. J'aurais dû y penser plus tôt.

Alfred refusa encore, confus, tout en sachant que Romain ne changerait pas d'avis.

— Alors, cette Émilie ?

— Tu ne peux pas t'imaginer, Alfred ! Il m'arrive ce que j'espérais tant, je suis fou de joie, tu comprends ? Oh ! et puis, j'allais oublier, elle te donne le bonjour, ainsi qu'à ta mère, et elle y tient, tu sais. J'ai presque achevé ma sculpture, même si tous les jours je l'améliore encore, tu viendras voir, quand nous rentrerons.

— Qu'allez-vous faire tous les deux ?

— Je n'en sais rien, mais j'ai tellement envie de la revoir…

— Je vois que tu es mordu, mon ami, on se souviendra de cet été !

— Alfred, je suis peut-être ridicule ? Je suis amoureux d'une jeune femme, n'est-ce pas ? Qu'est-ce qui m'arrive ? Il faudrait sans doute que j'arrête tout ça…

— Bien sûr que tu es ridicule, mais je ne t'ai jamais vu aussi enthousiaste. Tu vas en crever, de cette femme… Si je le pouvais, je prendrais volontiers ta place. Lui as-tu dit que tu avais de bonnes économies ?

— Non, pas encore.

Un silence.

— C'est peut-être une histoire de rien du tout, mais tant pis, je veux y croire.

La distance de Besse à Clermont leur parut bien courte tant la conversation fut passionnée. Alfred demanda à son ami s'il voulait toujours effectuer l'achat prévu. Romain ne dévia pas d'un pouce. Ainsi ils entrèrent, toujours accompagnés de Mouche, dans un magasin spécialisé en matériel médical, implanté sur la zone industrielle. Le choix se porta rapidement sur un modèle performant, confortable et équipé pour l'extérieur. Romain ne regardait pas à la dépense.

— Tu pourras conduire cet engin ? demanda Romain, pour dissiper l'hésitation de son ami.

— Je n'aurais pu imaginer un tel confort, c'est une vraie Mercedes !

— Marché conclu ! lança Romain en se dirigeant vers la caisse.

La vendeuse, surprise par la rapidité de cette décision, leur indiqua les modalités de participation de la Sécurité sociale. Romain la regarda en souriant :

— Non, merci... Par contre, j'espère qu'il est pourvu d'une bonne garantie. Nous repartons avec, tu es d'accord, Alfred ?

— Romain, tu es formidable, je ne te remercierai jamais assez. Drôle d'homme, quand même !

— Tu pourras un jour remercier Émilie.

Alfred s'essuya discrètement les yeux. Le premier essai fut le trajet du magasin à la voiture. Tous semblaient heureux, même le chien...

— Je te fabriquerai un système différent pour accéder facilement à la voiture, dit Romain.

— On va fêter l'événement, je te paie le dîner en ville, annonça Alfred. Choisis le restaurant, mais il faut qu'il accepte Mouche, on ne laissera personne derrière.

Ainsi fut fait. Les deux copains ne manquaient pas de souvenirs à rafraîchir. Le présent avait bien du piquant, et quant à l'avenir...

Il ne fut pas envisageable de rentrer à Besse le soir même. Mme Goutteviau, prévenue par son fils, entrevoyait bien quelques soucis, mais elle se dit que, tout de même, c'était bien de leur âge.

Les compères avaient copieusement arrosé la soirée. Romain, n'ayant plus tous ses esprits, voulut expliquer à son ami qu'Émilie se prenait pour l'eau. Alfred, qui n'avait rien à lui envier, n'y comprit strictement rien. Il parlait de marcher sur l'eau, de traverser les lacs comme Moïse et les Hébreux avaient passé la mer Rouge, oubliant que c'était elle qui s'était retirée devant eux…

Le lendemain matin, devant leur petit déjeuner, Alfred lança, un tantinet moqueur :

— Tu vas te faire beau, j'espère, pour te rendre à la capitale ?

— Je n'avais pas pensé à ça…

— Il te reste encore de quoi t'acheter une veste, un pantalon et une chemise, ou veux-tu que je te prête des sous ?

— Ne te moque pas de moi… Je n'aime pas mettre du neuf, je ne voudrais pas avoir l'air endimanché, comprends-tu ?

— Ça lui fera plaisir si tu fais un effort, les femmes perçoivent ces choses-là et apprécient.

— Tu en sais des choses, toi… Mais tu as peut-être raison, ça fait longtemps que je n'ai pas fait de frais.

— Nous sommes à Clermont, profites-en ! Je t'attends en compagnie de Mouche. Emmène-moi à Jaude, il fait beau, tu m'installes sur un banc, c'est si simple ! Le volcan[1] ne se réveillera pas aujourd'hui, ajouta Alfred en riant de bon cœur.

1. La place de Jaude, à Clermont-Ferrand, est située sur le site d'un ancien volcan.

Romain arpenta la rue Neuve et entra aux établissements Conchon Quinette, une maison sérieuse et de grande renommée.

Il demanda conseil au gérant pour un ensemble convenable, pas trop jeune, mais surtout pas un costume de vieux... Une veste d'aspect shetland gris bleuté, col moderne, trois boutons, un pantalon anthracite à pinces et une chemise fond bleu à col ouvert. Point de cravate. « C'est bien la première fois depuis longtemps que je me préoccupe de ma tenue, songea-t-il, mais pour Émilie... »

Satisfait de ses achats, il rejoignit Alfred sur la place de Jaude, où trônent toujours Desaix et Vercingétorix. Il s'assit et demeura ainsi quelques instants sur les bancs de l'esplanade pour reprendre un peu d'air.

— On étouffe dans ce magasin, surtout quand on vit à Besse.

Puis ils rentrèrent, tout fiers et heureux de leur voyage. Ce n'était pas si souvent qu'ils faisaient une fête pareille !

— Romain, nous avons quitté notre village une nuit, et vois-tu comme nous sommes heureux d'y revenir. Ces maisons, cette belle cité de pierre, c'est tout simplement chez nous.

Et, voyant que son ami ne répondait pas :

— Je crois que je suis en train de dire n'importe quoi...

— On a bien déraisonné hier soir, ne crois-tu pas ? On a poussé un peu sur la chopine !

— Je te préfère un peu fou que trop raisonnable, mon cher Romain. Maintenant que j'ai ma

« Mercedes », je vais sans doute le devenir aussi. Fais attention, je vais te voler Émilie…

— À propos d'Émilie, viens la voir à la maison, tu peux remonter tout seul, désormais.

— Bien sûr que je vais venir et pas plus tard que demain !

— Je te préparerai une truffade pour midi, ça te va ? Pour une fois, je manquerai la cantine…

— Va pour la truffade !

Le lendemain, quand Alfred découvrit la sculpture, il garda le silence, stupéfait. Puis, il s'adressa à son ami :

— Tu es un artiste, Departout, un vrai. Elle est sublime ! Il n'y a pas d'autre mot, et tu as de la chance.

— Tu exagères, oui, tu exagères !

Romain s'approcha tout près et, ne pouvant s'en empêcher, caressa le bois de ses grosses mains.

— Bon, c'est pas tout, dit-il un peu gêné, mais il faut que je m'occupe de la truffade, le temps que tu admires…

Il sortit la poêle noire, la disposa au-dessus d'un bon feu de cheminée. Les pommes de terre – vieilles de préférence – préparées, coupées en rondelles, attendaient.

Un morceau de lard fondait déjà et une odeur particulière se répandait dans toute la pièce.

— On peut dire que tu sais bien faire ça, dit Alfred, et en plus sur le grand feu !

— Apprenez que tout flatteur…

Les pommes de terre commençaient à cuire et à dorer. Romain mit le modeste couvert tout en surveillant sa poêle, discutant avec son ami.

— Tu as fait goûter ta truffade à Émilie ?

— Je n'en ai pas eu le temps, mais je ne désespère pas !

Les pommes se brisaient et Romain les écrasait savamment, avec dextérité, puis ajoutait le sel, le poivre et trois gousses d'ail pilées. Les yeux d'Alfred brillaient d'envie quand Romain ajouta la tome fraîche de cantal émincée. Trois ou quatre minutes plus tard, le mélange filait à merveille, tacheté de brins de persil plat ajoutés à la dernière minute. La poêle rejoignit la table. Alfred avait apporté une bouteille de boudes qui ajouta au tête-à-tête plus de convivialité et de chaleur. Bonheur simple et magnifique !

Après le café, ils s'assoupirent un moment, oubliant même la statue d'Émilie.

Mouche aurait certifié – si on le lui avait demandé – que ces deux amis s'étaient accordé une bonne sieste, chacun vautré dans un fauteuil.

Ce fut Alfred qui rompit le silence :

— Je rentre, c'est bien l'heure. À bientôt, mon ami Departout ! On n'a pas fini de m'admirer à Besse, avec ma « Mercedes ».

Romain le regarda s'éloigner. Il y avait de l'émotion dans ses yeux. « J'aurais bien pu agir plus tôt », pensait-il.

Puis, tout émoustillé, il s'adressa à la statue d'Émilie :

— Alors, mon Émilie, comment va-t-on procéder ? Nous sommes si loin l'un de l'autre... Je profite de ton absence pour te dire tous ces mots, mais si tu étais là, je serais sans doute incapable de les prononcer. Et pourtant, c'est si simple : Je t'aime, oui, je t'aime. Dans quelques jours...

Il tourna en rond dans sa maison. Mouche avait retrouvé son territoire.

Lorsqu'il croisa le regard de Solange, le lendemain, il sut qu'elle n'était pas de bonne humeur.

— Je vous dis au revoir, je quitte Besse, Romain.

Surpris mais n'en croyant pas un seul mot, il demeura silencieux, pensant que c'était là une nouvelle provocation.

Le repas se passa sans autre incident. Romain rejoignit sa maison, gaiement. Il fredonnait « Sous les ponts de Paris », imaginant que son ami Alfred l'accompagnait à la capitale. Et toujours, l'image d'Émilie s'interposait. Sa silhouette, ses mains, ses cheveux, sa nuque si douce et ses yeux sombres...

En rentrant chez lui, il s'aperçut que les clématites s'étiolaient, donnant moins de couleur à sa maison. La floraison estivale avait épuisé les plantes, ternissant l'éclat de leurs couleurs ; il semblait que l'automne se préparait. Déjà, septembre inventait des brouillards aux vallées. Le potager de Romain n'avait plus l'exubérance de juin.

« Été, automne, hiver, comme tout passe si vite, pensait Romain, et me voilà épris d'une femme ! Que me réserve-t-elle ? »

11

VOYAGE À LA CAPITALE

Le train matinal roulait vers Paris et Émilie, tandis que le paysage fuyait sous les yeux de Romain. La ligne d'horizon des monts d'Auvergne s'éloignait derrière lui, s'amenuisant pour enfin disparaître. Romain laissait vagabonder ses pensées vers des destinations diverses, imprévues. Parfois, elles rejoignaient des images anciennes et vieillies, mais non oubliées cependant, des bouts de vie revenant de-ci, de-là, bribes de joie ou de tristesse.

Romain se sentait enlevé de son village, à grande vitesse, et pourtant retenu par un invisible fil à son point d'attache, Besse, comme si ce lien s'étirait vers ce qui devait être un beau voyage.

Ses yeux observaient, s'enrichissaient de milliers d'images : les rousseurs de l'automne, les terres labourées, les maisons isolées ou groupées en hameau, leurs toits... Visions sans cesse renouvelées, sans cesse dépassées. Depuis bien des années il ne les avait revus, ces terres plates, ces champs immenses, avec leur horizon long et monotone, bien différent de Besse, et ces routes où filaient camions et voitures, qui accompagnaient le chemin de fer.

Le visage d'Émilie sembla s'interposer entre le paysage et lui. Son profil délicat, ses lèvres désirables... Il la voyait maintenant toute proche. Puis, son regard se porta sur les autres voyageurs, un regard indifférent, simplement pour ne plus voir dehors.

Il s'amusa à les observer, se disant que le monde était fait de toutes sortes de gens taciturnes, chacun campant dans la solitude avec ses problèmes. Tous avaient un point commun : ils allaient à Paris, car maintenant le train ne s'arrêterait qu'au terminus. Il y avait un couple d'amoureux – jeunes et beaux – à quelques sièges de lui. Un peu plus loin pouffaient de rire un groupe d'adolescents, heureux de vivre et insouciants. Là-bas, un homme aux cheveux gris et courts, portant des lunettes à monture dorée, annotait des pages, sans se soucier de son environnement. Il lui fit songer à quelqu'un de sévère et d'important ! Au fond du compartiment, une femme lasse essayait sans succès d'endormir un tout petit enfant qui n'en avait pas envie.

Lui, on l'attendait. Une jeune femme l'avait appelé. Il n'allait pas vers l'inconnu.

Après presque trois heures et demie de trajet, la banlieue parisienne qu'il avait oubliée lui apparut soudain. Les grands dépôts, les grandes surfaces aux immenses enseignes, des tours, des ponts métalliques, des pylônes aux multiples câbles, des grues, mais pas le moindre lieu de verdure ; seuls quelques arbres pour masquer la promiscuité. Que de petites fenêtres !

Mouche ne pourrait pas vivre ici ! Il déchiffrait la périphérie sous ses graffitis étranges, agressifs, envahissants.

« Revenir pour une femme, je ne me reconnais pas. Émilie, qu'est-ce que tu me fais là ? »

À 12 h 01 précises, le train s'arrêta. Romain était à Paris, exact lui aussi au rendez-vous. La foule des voyageurs, en ce samedi, n'avait pas l'importance des autres jours. Aussi lui serait-il plus facile de repérer Émilie au point de rencontre prévu.

Elle était là et, dans leurs regards échangés, on devinait cette étincelle qui ne trompe pas.

— Romain !

— Émilie !

Pendant un long moment, ils demeurèrent ainsi, dans les bras l'un de l'autre. Cheveux noirs, cheveux gris. Yeux sombres, yeux clairs. Amoureux anonymes dans un hall de gare où personne ne regarde son voisin. Puis :

— Tu es encore plus belle que cet été. Je t'invite à déjeuner, Émilie.

Pour toute réponse, elle lui sourit et se serra une nouvelle fois contre lui.

— Viens chez moi, j'ai tout préparé, si tu veux bien.

— Tu es là, c'est l'essentiel, Émilie, dit-il en la prenant encore une fois dans ses bras.

Il remarqua la cicatrice sur la joue gauche, mais ne dit mot. Ils ne parlaient pas, se souriaient simplement.

Un appartement agréable accueillit l'Auvergnat.

— Tu es le premier homme à entrer ici, Romain.

Il eut juste le temps d'apercevoir au mur un poster représentant sa maison au lever du jour, un premier rayon de soleil s'accrochant sur un pan de son toit, avant qu'Émilie ne l'embrasse fougueusement. Ils rattrapaient un tant soit peu le temps perdu...

— Déjeunons maintenant, j'ai une faim de loup ! s'exclama Émilie.

Le déjeuner attendait. Romain la félicita pour cette bonne odeur qui stimulait l'appétit.

— Tu croyais sans doute que je ne savais faire que des œufs sur le plat ? dit-elle, moqueuse.

— Je ne suis pas certain que tu saches les préparer...

Le moment du déjeuner débordait de joie, d'éclats de rire et de bonne humeur.

— Tu es venu me voir à Paris, tu tiens donc à moi ?

— Je vais y réfléchir...

Puis ils s'aimèrent sans le moindre nuage sur leurs ébats.

— Je voudrais te dire que tu me manques, Émilie. Je suis bien seul dans mon repaire d'ours. Si nous étions plus proches, peut-être... Mais que pouvons-nous envisager ?

Elle ne répondait pas. Romain n'osa pas lui demander davantage.

Ils décidèrent de sortir. Romain paraissait bien à l'étroit dans le modeste appartement. Émilie le devina.

— Nous rentrerons quand nous en aurons envie, dit Romain, peut-être demain à l'aube, je te préviens...

— Alors, je vais me faire belle pour toi, Romain Departout, tu n'auras pas honte de moi.

Romain secoua la tête. Que répondre à cette absurdité ? Elle n'avait pas besoin de changer de toilette. Bref ! Les femmes...

Ils marchèrent dans Paris, bras dessus, bras dessous, parfois main dans la main ; on n'était pas à Besse. Ici, la ville en faisait des inconnus. Émilie portait une tenue simple mais qui la rendait encore plus attrayante : pantalon large en crêpe noir, escarpins vernis, un sweater brillant en Lycra sous une veste longue et pincée et, comble de bonheur pour Romain, elle avait les cheveux relevés, retenus par une pince dorée, laissant apparaître cette nuque séduisante sur laquelle il aimait bien volontiers poser ses lèvres. Émilie était pour Romain la séduction même. Quant à lui, il avait retrouvé un peu de sa jeunesse, malgré ses cheveux gris. Dans ses yeux clairs se laissait voir un bonheur retrouvé.

Au gré de leurs pas, ils découvrirent un endroit pour amoureux, l'un de ces restaurants dont Paris a le secret. Entrée discrète, multiples recoins, fauteuils confortables, nappes presque décorées d'amour avec de petites lampes aux abat-jour orangés, ambiance musicale très douce, presque imperceptible mais de circonstance, pour ne pas dire de connivence.

Émilie était radieuse !

— C'est la première fois depuis longtemps qu'on m'invite ainsi. Nous sommes bien loin du mont Gerbier-de-Jonc, te rappelles-tu ?

Pour lui aussi, c'était inhabituel. Il était devenu un autre homme grâce à Émilie. Du moins le croyait-il.

— C'est notre histoire, Émilie. Tu es là, j'aime que tu sois là, en cet endroit, et je me dis que ce n'est pas un rêve, répondit-il en posant délicatement la main sur la sienne.

Ils commandèrent le dîner et la conversation se porta vers Besse et les amis bessards.

— Alfred et sa mère me manquent, parfois, Mouche aussi. Je laisse mes pensées courir vers l'Auvergne, et surtout vers toi, Romain. La terre me manque. Les vallées, les monts, le Pavin, la roche volcanique, l'eau, la reine Margot, tout cela m'a submergée, m'a redonné goût à la vie, différemment.

— Tu es en outre une artiste, sensible plus que d'autres à cet environnement.

— Je t'ai rencontré, Romain... Pour la première fois de ma vie, j'ai su ce que voulait dire être heureuse, c'est vrai. Je suis prisonnière de l'Auvergne et amoureuse d'un Auvergnat. Je suis contente de te le dire. Je suis née une deuxième fois, peut-être à la source de la Loire !

— Je me souviens de ce jour-là et des mots que tu avais prononcés...

— Notre histoire sera celle que nous en ferons, mais elle sera peut-être difficile...

À cet instant précis, une tristesse changea le visage d'Émilie et, malgré la lumière tamisée, Romain s'en aperçut. Elle lui dit :

— Tu ne seras certainement pas content de ce que je vais te révéler sur mon voyage à Besse, cet été.

Romain attendait la suite.

— J'aurais dû te le dire bien avant aujourd'hui, mais voilà... le déroulement des événements m'en a empêchée. Peut-être le courage m'a-t-il manqué. Et puis je n'étais pas venue en Auvergne pour chercher un homme.

— Dois-je m'inquiéter ?

Sourires contenus d'Émilie.

— Je n'ai pas le visage d'une Auvergnate et, pourtant, ma mère était de cette région, et mes grands-parents aussi, ainsi que leurs ascendants. Ils étaient agriculteurs au Rieu d'Escabès, cette commune voisine de Besse.

Romain écoutait sans poser de question. Il se doutait bien qu'Émilie avait un secret, mais qu'elle fût de la région le stupéfiait !

— Avec ma mère, nous avons passé toute notre vie à Paris.

Émilie raconta : sa mère, Reine Martenet, alors qu'elle avait à peine dix-neuf ans et demeurait chez ses parents en Auvergne, connut un garçon étranger qui lui fit un enfant. Quand arrivaient ces choses-là, cela se passait en général très mal dans certaines familles, et son père, Jules Martenet, honorable personnage de son village, ne supporta pas que son unique fille le déshonorât ainsi. Pensez donc, sa fille unique, première main chez la couturière Mme Lacroze, avait couché avec un étranger, un saisonnier ! L'amour des jeunes gens ne pesa guère dans la décision que prit le père sur-le-champ. Il chassa sa fille, ne la considérant plus comme telle, et ne voulut rien entendre des supplications de son épouse.

Le train pour Paris emmena la jeune fille comme on éloigne le mal, le déshonneur. Une parente éloignée accueillit Reine pour quelques jours et la plaça plus tard chez des patrons compréhensifs. Quant au père de l'enfant à venir, il rejoignit Reine à Paris, renseigné en secret par sa mère. Au bout de huit jours, il disparut et ne donna plus jamais de ses nouvelles, hélas !

— Tu es cet enfant ?

— Oui, Romain, je suis la fille de Reine Martenet. Lorsque j'eus un an environ, ma mère se présenta un jour chez ses parents, avec le bébé que j'étais alors. Elle espérait convaincre son père de revenir sur sa décision, mais rien n'y fit. Il refusa de porter le moindre regard sur moi. Elle renouvela pourtant une tentative plus d'un an plus tard. Le résultat fut identique et ma mère abandonna alors tout espoir.

— Vous n'aviez pas de parents dans les environs ?

— Mon grand-père avait un beau-frère qui possédait une ferme voisine. Il s'appelait Brunel.

— Ta mère n'a pas pu s'y réfugier ?

— Mon grand-père Martenet s'y est opposé. À la suite de notre dernière visite, il prit la décision de lui vendre en viager la propriété, pour éviter que ma mère puisse hériter. Puis il se mit à boire et on le trouva pendu six mois plus tard dans sa grange. Ma grand-mère mourut de chagrin quelques mois après.

Romain demeura silencieux. Même son regard oubliait le visage d'Émilie, par délicatesse sans doute.

— C'est mon oncle qui nous en a informés, beaucoup plus tard. Personne ne souhaitait nous revoir au pays, et nous n'y sommes jamais revenues.

— Sauf toi, cette année.

— J'ai perdu ma mère il y a quelques mois. Elle m'avait toujours interdit de venir dans cette région et sa tendresse subvenait à ma vie. « Là-bas, tu serais une pestiférée, il ne faut pas que tu ailles dans ce pays, jamais, promets-le ! » Elle me disait toujours qu'il fallait effacer le passé lorsque celui-ci était source de chagrin. Pourquoi alors la blesser ? Elle m'avait simplement confié quelques bribes de son enfance, bien peu, je dois dire.

— C'est tout à fait normal pour une mère de parler de son enfance à sa fille.

— Depuis sa mort, il y a quelques mois, quelque chose en moi s'est manifesté et de manière implacable. Il fallait que je vienne, attirée irrésistiblement par je ne sais quoi. Oui, c'est sans doute cela que l'on nomme l'appel de ses racines...

Romain acquiesçait. Cette mort suspecte ajoutait encore du trouble à cette histoire, mais ça ne le regardait nullement.

— Quant à mon père, je n'ai même pas une photo de lui. Ma mère m'en a parlé, bien sûr, sur mon insistance. Ils voulaient se marier, les circonstances en ont décidé autrement. C'est terrible, n'est-ce pas ? Je n'ai jamais su son nom.

— L'existence est parfois ainsi faite, hélas ! Ça n'empêche pas de vivre.

— Je sais simplement que mon père venait d'Amérique, plus précisément du Mexique, et que c'était un ouvrier, voilà. Ma mère m'a élevée tout en travaillant très dur dans un café. Plus tard, elle reprit son métier, devenant même directrice d'une maison de couture. Elle fut fière de mon mariage. L'Auvergne était tout à fait oubliée.

Il avait écouté attentivement l'ensemble de son récit.

— Pourtant cet été, tu es venue !

— Oui. Les premiers jours, je suis allée au hameau de ma mère, au bord du ruisseau. Il n'y a que ruines. Tout est définitivement mort !

Après un lourd silence, Romain reprit :

— Es-tu délivrée à présent ? Ce secret n'était pas si terrible et de plus tu n'y es pour rien.

Il lui souriait tendrement.

— Chacun a son histoire, maintenant je connais la tienne, je sais que tu es de chez nous, dit-il avec un sourire apaisant. Tu n'es pas venue à Besse tout à fait par hasard, je comprends mieux. On ne se défait jamais entièrement de son passé.

— Si l'on veut, Romain, si l'on veut... Je t'ai confié que j'aimerais être l'eau parce que ma mère m'en parlait souvent. Elle m'a dit un jour que l'eau qui court se moque des histoires des humains, que c'est la vie et que j'étais cette vie. L'eau des mares et des lacs est plus sournoise, lui avait-on appris. Mes ancêtres auvergnats ayant possédé un moulin au Rieu d'Escabès, l'eau était leur richesse, ils l'aimaient et la respectaient. Ma mère m'a raconté qu'elle passait des heures et des heures près du ruisseau avec son grand-père. Elle m'a dit aussi que dans la région les ruisseaux s'appelaient des « couzes ».

— C'est vrai.

— Elle jouait dans cette eau, dans les cailloux et le sable où elle construisait des tourniquets, petites roues de noisetier qui tournaient indéfiniment. J'ai rêvé de ces minuscules moulins.

Romain lui souriait tendrement. Il déclara, pour ne pas que s'éternise sa tristesse :

— Alors, ce dîner vient-il ? Peut-être as-tu quelque chose à ajouter ?

— Je garde le reste pour demain... Mais vois-tu, je vais mieux maintenant.

— Il y a plus ?

— C'est tout à fait différent, rassure-toi.

Quand le jour fit signe au travers de la fenêtre sans volet, il découvrit deux amoureux qui ne l'attendaient pas.

— Déjà le matin, dit Émilie, quel dommage !

Romain la regardait tendrement.

— Nous avons toute la journée pour nous deux, rien que pour nous deux ! Le monde et nous !

Il perçut alors un léger voile d'inquiétude dans les yeux de sa compagne.

— Tout va bien ?

— Non, je ne suis pas contente.

— Que se passe-t-il ?

— Nous, les femmes, sommes si compliquées, jamais satisfaites..., dit-elle d'un ton mystérieux.

— Tu ne vas pas bien ? Émilie...

Elle lui sourit, l'entoura de ses bras. Pour toute réponse, il n'eut droit qu'à des baisers. Ce qui le rassura. Puis, le petit déjeuner fut servi dans la chambre. Émilie souriait, se jouant du regard de Romain. Elle descendit du lit, s'enroula dans les voilages transparents de la fenêtre et lui dit :

— Romain, pourrais-tu me dire ce qui a changé en moi depuis cet été ?

Il l'observait en souriant sans découvrir le moindre changement chez elle ; son allure, ses cheveux, elle paraissait exactement la même.

— J'ai peut-être vieilli ?

— Autant que moi, mais cela ne se voit pas. Au contraire, je te trouve plus belle.

— Alors, tu ne vois rien ?

— Si. Il ne paraît plus rien de tes blessures. Non ? Je donne ma langue au chat.

— Ce sera pour plus tard, plus tard...

Émilie, joyeuse, jouait le rôle d'une princesse des *Mille et Une Nuits*.

— Je suis Émilie ! Et je vais t'étonner encore, dit-elle en prenant la posture d'une statue.

Puis elle éclata de rire et se jeta sur Romain. Les révélations de la veille semblaient oubliées.

Le dimanche se passa en balade dans Paris, vers les quais de la Seine, vers les bouquinistes, où l'on cherche toujours le livre introuvable.

— J'ai lu les ouvrages que tu m'avais offerts sur la reine Margot, déclara Émilie. Cette période de l'histoire de France foisonne d'événements, mais on ne parle pas de Besse !

— Lorsque tu reviendras, tu apprendras bien des choses surprenantes sur la reine Margot, la fameuse Marguerite de Valois.

— Raconte-moi !

— Je te le répète : lorsque tu seras en Auvergne !

— Tu es têtu comme un Auvergnat !

Il se taisait.

— Tu reviendras bientôt ? Romain ?

— Si tu le veux, oui, mais nous sommes dans une étrange situation, Émilie. Tu es jeune, tu vis à Paris et moi je vieillis sur ma terre. Cela n'empêche pas mes sentiments pour toi, mes vrais sentiments. Tu m'as conquis, mon cœur était en jachère, tu me l'as dit un jour. Pourquoi ne t'ai-je pas rencontrée plus tôt, ma belle Émilie, lorsque j'étais à Paris ? Peut-être nous sommes-nous croisés sans nous voir ?

Émilie fixa le ciel, évitant le regard de Romain. Pendant quelques minutes, ils ne surent plus quoi se dire. Pourtant, Émilie aurait bien voulu lui confier son secret.

À la terrasse d'un café abrité d'un vent froid de saison, ils prenaient un crème en souriant à des amoureux de seize ans.

— Ils sont heureux aussi, à leur façon.

— C'est la même que la nôtre, mais nous sommes bien sérieux, dans la rue…

— Si nous faisions un enfant, Romain ?

La chose avait été dite naturellement.

Romain se tourna vers Émilie, plongea son regard dans ses yeux jusqu'à découvrir les détails de ses iris.

— C'est sûrement un peu tard, Émilie. Mais si nous le faisions, je suis sûr qu'il serait merveilleux… Oh oui, merveilleux !

Émilie se jeta au cou de Romain et l'embrassa follement. La joie, un instant absente, revint entre eux, dissipant le petit nuage apparu quelques instants plus tôt.

— Que faisons-nous ce soir ? J'aimerais t'emmener au…

— Comme hier soir, Romain, comme hier soir.

— Viens Émilie, nous avons juste le temps.

Ils se retrouvèrent à nouveau dans un restaurant, mais le temps passait plus vite. L'Auvergne était présente et Émilie racontait son coup de cœur. L'attirance pour cette terre la confortait dans ses pensées. Tout lui convenait, en dépit de la haine de quelques habitants, mauvais ou sots. La terre et l'eau, la Chapeloune, l'estime de certains, les bourraches, les landes, les estives, le Pavin, les anciens volcans, les grands espaces et le vent pardessus, tantôt doux, tantôt vigoureux, parfois fou. « Je suis d'ici », pensait-elle.

Les heures passèrent et ils rentrèrent chez Émilie. C'est alors qu'elle se décida :

— Romain, je vais te confier mon secret. Ne te fâche pas, mais puisque tu n'as rien vu ce matin... J'attends un enfant, Romain, notre enfant !

Après le choc de la nouvelle, Romain Departout entoura tendrement Émilie de ses bras, délicatement. Il agissait comme si elle était soudain devenue fragile, tel un objet qui peut se rompre dans un faux mouvement. Ne prononçant pas la moindre parole, il lui caressait doucement les cheveux. Il songeait qu'il n'avait pas eu de chance avec les enfants, et voilà que, maintenant, Émilie... Puis, au bout d'un moment :

— Comment allons-nous faire ? Enfin, je veux dire...

— Ne crains rien, Romain, je suis si heureuse d'attendre cet enfant. Il sera magnifique, il te ressemblera. J'ai patienté le plus longtemps possible avant de te le dire...

Des yeux de cet homme, quelques discrètes larmes s'échappèrent. Comme il était maladroit et heureux en même temps !

— Romain, ne t'inquiète pas, je l'élèverai comme il le faut... J'ai besoin de cet enfant maintenant.

— Si je m'attendais à cette surprise ! Je ne sais pas quoi dire, ni expliquer ce que je ressens. Un enfant arrive et je suis là, un peu abasourdi. Mais pourquoi dis-tu : « Je l'élèverai comme il le faut » ? Je suis là, je suis le père !

Il regardait Émilie, cherchant à lui dire quelque chose. C'est alors que lui vint cette phrase si banale :

— J'espère que ce sera un garçon, Émilie.

Il demeurait muet, bouleversé par l'événement. Il ne pensait qu'à ce petit qui allait arriver au printemps, son fils.

Ils s'endormirent très tard.

Le lendemain, ce ne fut pas comme le matin précédent. Romain était plus attentionné envers Émilie. Il lui dit tout simplement :

— Nous allons avoir un enfant, te rends-tu compte, Émilie ?

Il la regardait, surpris, avec cette tendresse maladroite mais si sincère. Il voulait lui confier des choses qui le tracassaient.

Romain Detoutlieu aimait Émilie, il savait maintenant pourquoi elle lui avait paru encore plus belle. C'est ainsi chez certaines futures mères.

Enfin, il se décida :

— J'ai de quoi élever notre enfant. Je possède de bonnes économies et ce sera pour lui et pour toi, je te le promets, Émilie.

— Je veux l'aimer comme je t'aime et je suis heureuse, Romain. Nous avons réalisé quelque chose de magnifique ! Mais je te rappelle que nous ne sommes pas mariés.

Romain était si heureux qu'il ne retint pas plus longtemps sa question :

— Émilie, voudrais-tu devenir ma femme ?

— Je suis sûre de t'aimer comme j'aime déjà notre enfant. Je pourrais bien te répondre oui tout de suite, mais laisse-moi un peu de temps, nous ne sommes pas pressés !

— Émilie, tu me fais bien languir.

— Il faut être patient avec une future maman, et ne pas la contrarier. Je suis maintenant une femme comme toutes les autres, parce que j'attends un enfant. Tu m'as donné cet enfant, moi qui ne devais jamais en avoir, d'après l'avis de certains médecins paraît-il très compétents...

Romain, conquis et vaincu, n'avait plus d'arguments.

À Paris, le temps s'écoula bien vite. Ils marchèrent une dernière fois en direction de la gare de Lyon, pour le départ.

Le visage si beau d'Émilie s'éloigna et le train prit de la vitesse ; le cœur de Romain aussi.

Ses pensées ne se détachaient pas d'Émilie. Les voyageurs, le paysage qui défilait, et même le balancement du train le laissaient indifférent.

Il s'aperçut qu'il n'avait pas emporté la photo représentant sa maison, celle qu'Émilie lui avait offerte. « Avec toutes ces émotions, j'ai complètement oublié. Je reviendrai, bien sûr que je reviendrai. »

Et le mystérieux fil le ramenait vers l'Auvergne, vers Besse, vers sa maison aux clématites...

Ses pensées s'imprégnaient souvent d'une joie immense, mais aussi de doute. Émilie ne lui avait pas dit oui.

« Elle va avoir ce qu'elle a toujours désiré, un enfant, et moi je dois être trop vieux pour eux deux, elle n'a pas osé me le dire... Si je n'éprouvais rien pour Émilie, comme tout serait autrement facile. Mais voilà, je l'ai dans la peau, je l'aime, même si je ne peux pas lui dire ces deux simples mots. Je me demande si un jour je le pourrai. J'ai trouvé ma reine et je lui offrirai son royaume. »

12

LE MYSTÈRE DE LA SÉPULTURE

Romain avait rejoint sa maison, retrouvé la compagnie de son chien, rangé ses vêtements de Parisien et chaussé ses galoches garnies de cuir noir. Il se sentait envahi de bonheur ! Le téléphone sonnait chaque semaine, parfois davantage. Émilie paraissait heureuse, après ces deux jours de félicité passés ensemble.

— Le temps va passer, l'enfant arrivera au printemps. Tu verras, Romain, comme il sera beau...

Il se rendait souvent chez Alfred et racontait à son ami l'étrange situation qu'il vivait.

Réflexion faite, Mme Goutteviau se souvint d'une histoire terrible qui avait fait le tour du pays autrefois. Elle concernait une famille propriétaire d'un moulin aujourd'hui disparu. Il n'y avait guère de doute dans la tête de Marthe, mais elle garda le silence, sans doute pour ne pas gêner Romain.

La vieille femme en revint à Émilie, au présent :

— Lui as-tu proposé de la prendre pour femme ?

— Je le lui ai proposé, bien sûr !

Marthe opina de la tête, sans mot dire.

Romain ne trouva rien à ajouter et s'en retourna chez lui. Mouche demeura son interlocutrice privilégiée. Celle-là au moins ne posait pas de questions.

La statue de bois retenait toute l'attention de Romain. Le vieil arbre avait retrouvé une seconde vie et livrait sa patine naturelle et sensible sous une délicate pellicule de cire. La sculpture semblait maintenant veiller sur son créateur.

Quelques jours plus tard, il se rendit chez Jules Ferry.

La tonnelle les accueillit comme d'habitude. Déjà le feuillage avait opté pour d'autres teintes. Quelques grains de raisin pressés les uns contre les autres, çà et là, constituant de maigres grappes qui laissaient entrevoir une inutile vendange. Les deux hommes s'installèrent. Romain raconta à son ami l'histoire du passé d'Émilie. Il n'avait rien à craindre qu'elle fût propagée par cet homme.

Cassière comprit quelle situation nouvelle existait entre Romain et Émilie, sans apprendre pour autant l'arrivée prochaine d'un enfant.

— J'ai eu grand plaisir à converser avec Émilie. Ce qu'elle recherchait, c'était en réalité le pays de sa mère, qui aurait dû être aussi le sien.

— « J'aimerais être l'eau, m'a-t-elle dit, l'eau vive des rivières. »

Jules Ferry réfléchissait. Romain attendait la suite.

— Quant au symbolisme de l'eau, il semble qu'Émilie parle de l'eau rapide des rivières, des cascades, qui s'oppose à celle des étangs. L'eau claire et bienfaisante que l'on boit aux sources et aux fontaines, avec pour antithèse l'eau mortelle des noyades et des déluges. L'eau, pour Émilie, c'est d'abord la liberté, la pureté, c'est la Loire à sa naissance, née dans la puissance des montagnes et des grands espaces. C'est peut-être une solitude souterraine qui s'achève.

Silence attentif.

— Voilà, cher Romain, mais je vous ennuie peut-être avec mes déductions ?

— Bien au contraire, continuez, Cassière, continuez !

— La signification primordiale de l'eau, c'est aussi la fécondité – l'eau c'est la vie ! Chez les Germains, les Chinois, les enfants naturels étaient « les fils des fontaines ». Les eaux lavent et les eaux arrosent, les eaux purifient et étanchent la soif, et elles donnent la vie.

— Peut-être que cela ne veut rien dire, après tout. Cette formule qu'elle a employée a pu l'être sous l'influence d'un moment particulier, puis reprise par automatisme, sans doute pour m'épater, allez savoir...

— Émilie est une personne qui me plaît, mais je sais que tout le monde ne l'apprécie pas, ici. Sachez, Romain, que je suis de ceux qui l'estiment. Elle est un peu des nôtres...

— Nous avons parlé de la reine Margot, et des affirmations de l'ami Alfred. Vous les connaissez ?

— L'oubli a parfois été complice de la vie des grands... Certes, l'histoire est probable, même si aucun texte ne la mentionne.

— Lui avez-vous parlé de celle du château de la Chaux-Montgros ?

Et tous deux glissèrent une fois de plus vers la mythique et extraordinaire reine Marguerite de Valois. Jules Ferry, sur ce chapitre, régnait en maître :

— Exilée en 1586 au château d'Usson, dans le comté d'Auvergne, par son époux Henri de Bourbon (futur roi Henri IV) et Charles IX son frère, roi de France consentant, Marguerite de Valois y vivra près de dix-huit années, en semi-liberté, peut-on dire. Elle fit de rares séjours au château de la Chaux-Montgros, à quelques lieues de là. Sa mère, Catherine de Médicis, avait légué officiellement à Jean de La Guesle, seigneur de Sallèdes et procureur général au parlement de Paris, ce château de la Chaux-Montgros, qu'elle avait fait construire vers les années 1550. Certains rapportent que Jean de La Guesle fut l'amant présumé de la reine, ce qui conforte sans doute la suite du mystère.

« La reine Marguerite de Valois mourut en 1615. Son cercueil fut déposé aux Augustins, puis, quelques mois plus tard, à Saint-Denis, dans la chapelle élevée sur les ordres de sa mère et où reposaient les tombeaux des rois.

« Dans les premiers jours d'août 1793, lorsque les révolutionnaires profanèrent et pillèrent les sépultures royales de Saint-Denis, ils ne trouvèrent rien dans celle qui aurait dû contenir le cercueil de Marguerite de Valois. Elle était vide…

« À Sallèdes – comté d'Auvergne et seigneurie des La Guesle, à moins de trois lieues de la Chaux-Montgros – en l'an 1813, lors de la réfection du pavé de l'une des chapelles, celle nommée de la Chaux, les terrassiers découvrirent un sépulcre. Ce tombeau renfermait un double cercueil. Le premier, en étain, portait la date de 1615. À l'intérieur de celui-ci, un deuxième, de chêne noir, magnifiquement sculpté d'emblèmes royaux. Lorsqu'on l'ouvrit, on y trouva le corps d'une femme vêtue de pourpre et selon la mode du XVIe siècle, la tête ornée d'une couronne de lys entremêlés de marguerites. Le tout tomba en poussière au contact de l'air. On vendit le cercueil d'étain à un fondeur de Billon, du nom de Jean-Pierre. Quant au cercueil de bois, détérioré en plusieurs endroits, n'étant reconnu d'aucune valeur par les habitants de Sallèdes, on en jeta les débris au feu. Les ossements furent enfouis dans le cimetière… Qui était cette belle morte ?

« On peut aisément imaginer qu'un La Guesle aurait fait revenir le corps de la reine en Auvergne et fait déposer son cercueil dans leur tombeau de famille, en l'église de Sallèdes.

« Dans la chronologie des La Guesle, aucun décès n'est mentionné en 1615, que ce soit à la Chaux-Montgros ou ailleurs.

« Mais un cercueil doublé d'étain n'eût pas été utilisé pour un simple défunt. Ce fait précis évoque une précaution liée à un long transport.

Y aurait-il un secret de plus entre Catherine de Médicis, Jean de La Guesle et Marguerite ? Un lien de sang ? La beauté de cette femme n'avait nulle équivalence dans la fratrie, ce fait se retrouve dans les textes. Jean de La Guesle était-il bel homme ? La discrétion entourant le personnage ne laisse aucune information, mis à part que son intelligence avait conquis le roi...

« On peut penser sérieusement aussi que si ces liens sont effectifs, Jean de La Guesle s'était engagé à déplacer la sépulture de Marguerite de Valois en l'église de Sallèdes, dans les terres d'Auvergne, berceau de sa grand-mère Madeleine de La Tour et des La Guesle, pour qu'elle y trouvât le repos éternel, loin du vacarme de la gouvernance du Louvre. J'opte volontiers pour cette version, qui a séduit depuis bon nombre d'habitants du comté. Un souterrain aurait existé, ce qui aurait permis d'acheminer le cercueil jusqu'à la chapelle, à l'abri des regards.

« Un fait indéniable : lors des messes dites en l'église de Sallèdes au XVIIe, voire au XVIIIe siècle, le curé citait en premier le nom de la reine Margot lors de la lecture de son obituaire.

— Émilie se passionnera pour cette histoire, je suis sûr qu'un jour elle voudra se rendre à Sallèdes, et au château de la Chaux-Montgros.

— Ce qu'il y a de merveilleux, dans les légendes, c'est qu'elles ne meurent jamais ! Telles des braises, le mythe aidant, il suffit parfois d'un souffle pour qu'elles s'embrasent.

Romain demeura pensif quelques instants. Puis, après un long silence :

— L'histoire du comté est comme le pays, elle ne manque pas de relief.

Coup d'œil admiratif de l'ancien instituteur...

Après le café offert par Mme Cassière, Romain prit congé.

« Ce Jules Ferry, quel homme remarquable et plein de sagesse ! Ça m'a fait du bien de l'entendre une fois de plus », se disait Romain, peut-être pour se rassurer et s'en convaincre davantage.

Il marchait dans les ruelles de Besse lorsqu'il entendit un air d'accordéon. L'ami Alfred ! Il ralentit le pas et profita de ce brin de musique. Puis le musicien joua « Les roses blanches ». Alors Romain devint mélancolique et s'en alla, à l'opposé de chez son ami. Certaines chansons deviennent parfois insupportables...

Il prenait toujours ses repas de midi au restaurant. Les semaines passèrent. Le téléphone sonnait régulièrement entre Paris et l'Auvergne, mais le mot attendu n'était pas prononcé. Tout au moins, il semblait escamoté !

Le pays se préparait naturellement à l'hiver. Les paysages changeaient de nuances. Tout irait bientôt très vite, avec les gelées nocturnes et matinales, souvent mordantes. Plus courtes seraient les randonnées champêtres et plus douce la chaleur du cantou, dans la maison aux clématites. On verrait moins Alfred avec sa « Mercedes », dans les rues de Besse, cette machine qui avait tant changé sa vie, comme il le disait bien souvent.

Là-bas, dans la capitale, un petit être grandissait dans le ventre de sa mère. Quand le printemps viendrait, il viendrait aussi, et ce ne serait pas un printemps ordinaire, pensait Romain. L'air se réchaufferait, la chaleur tiédirait la terre.

La nouvelle saison partagerait quelques pas avec l'hiver, au rythme de celui-ci qui s'éloignerait inéluctablement, se détacherait, irait mourir doucement. C'était ainsi depuis que les saisons existaient. Le printemps étalerait ses fleurs, ses jonquilles, ses primevères, sa verdure tendre et fragile, comme on prépare un berceau pour l'enfant à naître.

Romain rêvait, il en avait le droit. Le vingt-quatre décembre, Émilie et lui se parlèrent longtemps au téléphone. Besse était envahi de neige et Paris de lumières, à chacun son décor. L'enfant à venir prit toute la place dans la conversation. Émilie submergea Romain d'informations.

Il était abasourdi et conquis en même temps.

— Tu es une sacrée femme, Émilie, et tu n'as pas fini de me surprendre. Mais être heureux, c'est parfois aussi rester devant la cheminée qui fume...

— L'un n'empêche pas l'autre, n'oublie jamais, Romain !

— Écoute-moi bien : demain c'est Noël, un Noël particulier et nous ne sommes pas réunis !

— Je penserai encore plus fort à toi...

— Émilie, je voudrais que l'on vive ensemble. Je n'oublie pas ce que tu m'as dit, mais aujourd'hui, je te le répète, je veux t'épouser. Ma maison sera la tienne, elle s'impatiente.

— Je te dis oui, oui, je serai ta femme, Romain Detoutlieu. Mais je voudrais attendre la naissance du petit pour notre mariage. M'accordes-tu ce délai ?

— Tu as toujours ce que tu veux, alors c'est entendu ! C'est le plus beau cadeau de Noël que j'aurai reçu dans ma vie.

Quand il eut raccroché, il oublia vite la suite de la conversation. Il regarda Mouche. Les yeux de l'animal lui faisaient toujours confiance.

— Je crois qu'elle est comme les autres, elle complique toujours les choses, et dans ce domaine elle est performante ! Toujours l'enfant, l'enfant d'abord ! hurla-t-il pour libérer sa colère. Et moi donc, à quoi suis-je réduit ?

Le lendemain, Romain se rendit chez Alfred pour le déjeuner, comme tous les jours de Noël. Marthe avait préparé un repas amélioré, comme elle disait. Il faisait bon chez les Goutteviau, et puis ils savaient... C'était plus facile pour se comprendre, parfois même sans parler.

Romain apporta un joli présent pour Marthe, et une excellente bouteille millésimée pour son ami Alfred. Il était en famille. La cuisinière annonça le menu : huîtres – ce qui changeait des charcuteries habituelles – puis la traditionnelle dinde aux marrons, fromages et bûche, café et alcool. Parfait, comme toujours !

On parla de tout pendant le repas, y compris d'Émilie ; Marthe demandait souvent des nouvelles. Dès la fin des agapes, Alfred sortit l'accordéon. Il voulait ajouter quelque chose, cette petite émotion en plus, si agréable entre amis.

Il s'installa le plus confortablement possible et commença par jouer quelques morceaux habituels. Les mélodies se succédèrent, jusqu'au moment où Alfred joua « Les roses blanches ». Leurs regards se rencontrèrent. Émilie était là, parmi eux. Alors Romain changea d'attitude, devint triste.

— Une petite goutte de plus, Romain ? Pour te changer les idées, dit Marthe.

— Je veux bien. Ça me rend mélancolique, Alfred... C'est la chanson d'Émilie, ce n'est pas bien le moment.

— Tu as des ennuis, Romain ? Je ne te sens pas bien.

— J'ai demandé à Émilie si elle voulait de moi, je l'ai demandée une nouvelle fois en mariage.

— Alors ?

— Elle m'a simplement dit oui !

— Tu ne pouvais pas le dire plus tôt ? Comment as-tu pu tenir le secret ?

— Mais elle veut attendre que le petit soit là... Voilà toute l'histoire. Tu sais, avec les femmes, j'ai l'impression que ce sont toujours elles qui décident.

Marthe sourit.

— Tu n'as pas insisté ?

— Si, mais je ne peux pas le lui imposer. J'ai une inquiétude pour le petit ; on n'en a pas parlé, mais je ne sais pas quel nom il portera, c'est ce point qui me chagrine.

— Si tu le reconnais, il portera le tien. Dans le cas contraire, il s'appellera comme sa mère, c'est tout simple.

— Tu sais comment cela se passe, toi ? Que faut-il faire ? Parce que, moi, je suis totalement ignorant de ça.

Mme Goutteviau indiqua à Romain le déroulement des choses dans ces cas-là, tout simplement.

— Mes pauvres enfants, ajouta Marthe, vous m'en ferez toujours voir de belles, et celle-là n'est pas la moins ordinaire.

— Merci de m'avoir conseillé. De mon côté, je vais faire ce qu'il faut. Elle choisira, mais c'est aussi mon fils.

— C'est bien, Romain, c'est bien. Alfred, joue donc quelque chose pour ta mère, pour nous tous, pour Émilie et le pitiou, dit Marthe en bonne maîtresse de maison.

L'accordéon livra encore quelques romances anciennes, tandis que Romain, désormais absorbé par d'autres préoccupations, portait son regard vers le futur.

— Tu resteras bien avec nous ce soir, nous nous arrangerons, dit Marthe.

— Merci, mais j'ai besoin de rentrer, je dois réfléchir.

Les Goutteviau n'insistèrent pas, sachant Romain soucieux.

— Tu vois, maman, c'est une histoire qui se termine bien... Ils vont se marier et avoir beaucoup d'enfants ! Comme dans les romans.

— Je préfère attendre avant de me réjouir. Tant que ce n'est pas fait, ce n'est pas fait ! reprit Marthe. C'est ma mère qui me disait ça.

Le crépuscule vivait ses dernières minutes. Les rues, débarrassées de leur neige, offraient un chemin sombre. Il faisait froid dans la ville bessarde. Les lumières des cafés signalaient la fête, des fenêtres aux volets mal fermés laissaient apparaître quelques sapins de Noël étincelants. Des musiques s'échappaient par-ci, par-là, et peu de passants circulaient par ces froidures.

Romain se torturait l'esprit : « Je ne me reconnais pas moi-même. J'accepte tout de cette femme… Que m'arrive-t-il ? Suis-je si vieux ? Je n'aurais jamais dû la laisser seule à Paris un jour de Noël ! »

Mouche et son maître rejoignirent la maison aux clématites, dont le jardin était envahi de neige. Les magnifiques fleurs de l'été n'étaient plus que grisailles saupoudrées de blanc, et la demeure de Romain semblait bien solitaire, voûtée sous son blanc manteau.

« Cet enfant n'est pas le fils des fontaines », se disait Romain. Avait-il besoin de s'en convaincre ?

Une inquiétude soudaine le prit. Alors, il décrocha le téléphone. Émilie l'attendait peut-être. C'était au début de janvier.

— Il faut que je te voie, Émilie, c'est au sujet de l'enfant, du petit…

— Viens quand tu veux, Romain, j'en serai très heureuse.

— Je me rendrai à Paris dans quelques jours, si tu veux bien me faire une petite place chez toi, ou alors…

— Oui, Romain. Viens, je m'arrondis, ton fils commence à prendre de la place ! La neige a-t-elle fondu à Besse ?

— Non, Émilie, et ce n'est pas le moment de traîner dehors. Dès 17 heures, il fait un froid sibérien.

— Quel pays ! dit-elle dans un éclat de rire. N'avez-vous pas entendu les loups ?

13

L'ENFANT À VENIR

Une brume suspendue et molle noyait la ville. Un cliché en gris et blanc. Besse se sentait rapetissée, ankylosée.

Les courants d'air entre les maisons et le petit crachin glaçant vidaient les rues de leurs passants. Chacun se blottissait près de son poêle chauffé au rouge, ou près d'un cantou déjà embarrassé de chiens ou de chats.

Dans la deuxième semaine de janvier, Romain rejoignit Paris. Il retrouva une femme bien rondelette. Le regard d'Émilie, celui qui d'ordinaire savait l'accueillir, avait disparu. Romain voulut ignorer – du moins pour un instant – ce qui ressemblait à une résignation imprévisible et inattendue. Peut-être se trompait-il ? Venu la voir pour parler de leur futur enfant, et de leur avenir à tous les trois, il perçut un mauvais présage.

La conversation s'engagea rapidement sur ses préoccupations.

— Si nous ne sommes pas mariés, l'enfant ne portera pas mon nom et tout se compliquera avec l'administration...

— Il y a plus grave, Romain. Depuis peu, j'ai découvert des choses sur le passé de ma mère qui sont horribles, j'ai honte de ce que je suis. Il vaut mieux que je ne devienne jamais ta femme. Je n'ai pas eu la force de te le dire, au téléphone...

— De quoi parles-tu ? Allons, calme-toi, ça ne doit pas être si grave, tu m'as déjà raconté...

— Romain, je crois que je ne pourrai jamais revenir à Besse. Ne m'en demande pas davantage, de grâce !

Le ton employé par Émilie révélait un anéantissement total, un désespoir. Mais Romain perdait patience.

— Émilie, il ne faut pas toujours regarder ce qui ne va pas... Il faudra bien qu'un jour tu te décides à vivre et ce n'est pas l'histoire de ta famille que je veux épouser !

— Le pays qui aurait pu être le mien a soudain perdu de son charme.

Romain attendait la suite, très inquiet.

— L'histoire de mes origines si particulières est désormais comme l'eau du Rieu d'Escabès, elle court sous les regards des gens qui font semblant de l'ignorer... J'ai trop mal, Romain, j'ai trop mal.

Romain aurait voulu la questionner pour enfin crever l'abcès qui la plongeait dans cet état d'abattement. Par crainte, peut-être par respect, il dit simplement :

— Je souhaite que l'enfant porte mon nom, Émilie. Ce n'est pas un orphelin, c'est le mien, pense à son avenir, à sa vie. Ce que j'ai, c'est pour vous deux, je te le jure.

— Je demeurerai la mère de ton enfant ! ajouta-t-elle comme s'il ne lui restait plus d'arguments.

Émilie regardait Romain avec des yeux embués de larmes. Elle ne doutait pas de la sincérité de ses propos. La vie lui avait appris tant de choses... Romain, ne pensant qu'à son fils, ne la questionna pas davantage.

— Je veux reconnaître l'enfant, Émilie, sinon je n'aurai plus de raison de vivre. Je veux subvenir aux besoins de mon fils, et j'en serai fier, tu sais, je suis un honnête homme. Laisse-moi cette chance, Émilie, le reste m'importe peu.

Elle pleurait doucement.

Que s'était-il donc passé ? L'attitude d'Émilie, bien qu'elle fît des efforts pour être aimable, n'était pas habituelle.

— L'enfant décidera de porter ton nom, dit-elle.

Romain l'entourait de ses bras. Puis, elle lui dit une nouvelle fois :

— N'oublie pas, Romain, l'enfant décidera. Romain, je ne te mérite pas, ne me pose plus de questions. Si j'avais su un peu plus tôt... J'ai été bien naïve, si tu savais comme je m'en veux ! Rassure-toi, tu n'y es pour rien.

— Émilie, tu es incompréhensible ! Tu m'avais dit oui, il me semble...

— Je le sais, Romain, je le sais, mais c'était il y a quelques jours. Notre enfant et seul cet enfant aura le pouvoir, s'il le désire, de nous réunir un jour.

— Y a-t-il une femme plus compliquée que toi au monde ? lâcha-t-il en frappant du poing sur la table.

— Ne cherche pas, Romain, je crois que tu l'as trouvée.

Certes, Émilie avait du caractère, il le reconnaissait. Elle ne reviendrait pas à Besse. Comment tout cela serait-il supportable ?

Soudain il douta. Une idée lui vint à l'esprit, une pensée forte, presque meurtrière : Émilie l'aimait-elle vraiment ? Elle ne lui avait pas toujours dit la vérité... Lui jouait-elle tout à coup une comédie ?

Il repartit le soir même pour l'Auvergne, par le dernier train avec, dans ses bagages bien légers, trois magnifiques agrandissements des photos de sa maison, qui semblaient ne plus avoir d'importance. Dans sa tête, les dernières tentatives demeurées vaines de ses demandes en mariage. Il en oublia les photos dans le filet à bagages.

Lorsqu'il arriva à Besse, une pensée l'obsédait : l'histoire de la mère d'Émilie. Il se remémora alors quelques mots d'une phrase d'Émilie : Ses origines... L'eau qui court... Les regards des gens qui font semblant de l'ignorer... Qu'est-ce que cela voulait bien dire ?

Aussi ne tarda-t-il pas à se rendre à Rieu d'Escabès, malgré le blizzard et les mauvaises routes, espérant y trouver quelques indices.

Le lieu-dit, difficile à dénicher, n'existait que grâce à la présence d'un panneau indicateur, près du ruisseau. Accompagné de Mouche, Romain découvrit une bâtisse démolie – certainement le vieux moulin – dévorée par des ronces et des régiments de buissons. Derrière la grange, une maison à la toiture crevée, effondrée, aux murs si délabrés que leurs ouvertures étaient informes. Elle avait cependant un charme particulier – à moins que ce ne fût le fruit de son imagination, teintée de mélancolie... Rieu d'Escabès, un amas de pierraille ! Plus loin, une ancienne grange qui semblait rentrer dans la terre, proche d'un hangar plus récent, destiné au matériel agricole. Tout autour se présentait une campagne bien entretenue, vivante malgré le passage de l'hiver, qui modifiait la nature. Ces terres-là se négociaient toujours chez les paysans, qui laissaient dans ces transactions s'étioler et mourir les vieilles constructions, devenues inutiles.

À huit cents mètres, Romain aperçut deux maisons habitées, dont l'une l'attira particulièrement. Il alla y frapper. Inspirant confiance, il n'eut aucun mal à obtenir quelques informations sur les Martenet et leur histoire. Une vieille femme prit un certain plaisir à lui raconter ce qu'elle savait ; ce n'était pas tous les jours qu'on lui demandait de s'exprimer sur ce passé qui semblait pourtant la passionner. Elle raconta, tout en rajustant les tisons dans le foyer de la cheminée, aussi noir que ses vêtements.

Romain connaissait l'histoire qu'Émilie lui avait racontée, mais il écouta attentivement. Quelle ne fut pas sa surprise !

Reine Martenet n'était pas la femme dont Émilie lui avait décrit le passé, bien qu'elle fût première main chez Mme Lacroze – c'était bien là sa seule qualité professionnelle. Que lui était-il arrivé, l'année de ses dix-neuf ans ? Elle avait brutalement quitté le domicile de ses parents pour aller vivre avec un groupe de garçons, ouvriers de chantiers logeant dans une grange inoccupée et aménagée simplement.

— Et le pire, ajouta la femme, c'est qu'elle buvait comme eux et couchait avec tous, à ce que l'on disait.

Sans doute exagérait-elle ? Dormir avec un amoureux, oui, mais pas avec tous, à son âge... La vieille, qui se délectait, poursuivit :

— Elle est devenue une femme de mauvaise vie en quelque mois, au désespoir de ses parents. Je pourrais bien vous dire comment on l'appelait, mais je n'ose pas trop, vous diriez que j'invente...

— Dites toujours.

— On l'appelait alors la putain d'Escabès, vous vous rendez compte, monsieur ? La putain d'Escabès ! Cette petite qui paraissait si bien... Ces garçons l'avaient forcée à boire, l'avaient droguée, j'en mettrais ma main à couper, elle paraissait ensorcelée.

— On disait ça au hameau ? La putain ?

— Oui monsieur ! Ses parents ne purent la soustraire à ces types. Les gendarmes intervinrent et le père Martenet, à bout d'arguments, couvert de honte, la ramena chez lui de force. Le lendemain, elle leur annonça qu'elle était enceinte et leur demanda de l'argent pour s'en aller. Ça bardait dans la maison ! Elle a réussi à s'enfuir en dérobant les économies de ses parents.

Romain avait bien du mal à suivre.

— Elle s'enfuit à Paris avec un jeune qui était, paraît-il, le père de son petit. Celui-ci revint ici rejoindre ses camarades sur le chantier quelque temps plus tard, puis s'en alla sous d'autres cieux, dans son pays car ça se voyait qu'il venait de loin, avec sa peau brune et ses cheveux noirs, mais d'un noir spécial, comme celui des gitans.

— L'avez-vous rencontré ?

— Non, mais tout le monde parlait de ce Mexicain venu d'Acapulco. Il paraît qu'il était si beau...

— Étrange destinée pour cette jeune fille !

— Et ce n'est pas tout. Elle réclama davantage d'argent à ses parents. Ils lui demandèrent de revenir, s'engageant à pardonner, et sa mère, la plaignant, joignit quelques billets. Un jour, le père Martenet se rendit à l'adresse de Reine, pour une ultime tentative. Rien n'y fit. L'enfant allait naître. Le brave homme tomba dans un guet-apens et se fit voler son porte-feuille par des types bizarres. Le chantage commença et les parents durent s'y soumettre, pris dans un piège infernal. Reine était tombée bien bas.

— Comment savez-vous tout ça ?

Sans répondre à la question, la vieille femme continua :

— Un jour, on trouva Martenet pendu dans sa grange. Il avait vendu la propriété en viager peu de temps auparavant à son beau-frère. La mère Martenet mourut de chagrin quelques mois plus tard et personne n'eut de nouvelles de Reine. Certains ont raconté qu'elle faisait de la prostitution sur les trottoirs de Paris. Vous connaissez peut-être cette famille ?

— Non, pas du tout, j'avais seulement entendu parler d'un vieux moulin qui appartenait à des Martenet, autrefois...

— Le moulin ? En effet, avec la petite ferme, ça leur venait de loin, à cette famille qui s'est éteinte là, misérablement. Il n'en reste que ces ruines, là-bas, dit-elle en désignant d'un hochement de tête ce qu'avait déjà vu Romain. Dieu protège les parents d'avoir des enfants comme Reine !

Romain voulait en savoir davantage.

— La propriété, qu'est-elle devenue ?

— Je vous ai dit qu'elle avait été vendue à son beau-frère... Augustin Brunel, qui a continué à travailler les terres.

— Il est toujours là ?

— Cette famille n'a pas eu de chance. Brunel était marié et avait deux garçons. Allez donc savoir quelle mouche les a piqués tous deux ? L'un après l'autre, ils ont quitté le pays. L'un pour le Canada et l'autre pour les Amériques. Le malheur, c'est qu'ils sont morts tous les deux. L'aîné dans un accident de chantier et l'autre a disparu lors d'une tornade en « Cafilornie ». Il paraît que c'est courant dans ce pays.

Léger sourire de Romain quant à la Cafilornie.

— Les Brunel ont-ils continué la ferme, malgré tout ?

— Ils ont fait ce qu'ils ont pu... Les deux propriétés réunies leur donnaient bien du travail, alors ils ont cédé des terres, en ont loué. Vous devez savoir comme c'est difficile par ici.

— C'est bien l'endroit du moulin, ce tas de pierres au bord du ruisseau ?

Il voulait en avoir la certitude.

— Oh oui ! Avec la maison et la grange, ça faisait une belle propriété. La petite Reine a bien joué dans cette couze, surtout avec son grand-père. Mon Dieu, que la vie change tout ! On n'est pas grand-chose, vous savez.

— Sont-ils toujours en vie, les Brunel ?

— L'Augustin est mort il y a une paire d'années et la Clémence passe le temps dans une maison pour les vieux, près d'Issoire. Elle a de l'argent, vous comprenez... Mais celle-là, elle a toujours cherché Reine – c'était sa nièce, et elle répétait qu'elle l'attendrait toujours. On ne sait pas ce qu'est devenue cette petite, elle a totalement disparu.

— J'avais entendu parler d'une affaire, il y a bien longtemps, par un Parisien venu en vacances à Besse, qui aurait connu une certaine Reine Martenet. Mais ce n'était pas la même version, ni sans doute la même famille...

— On vous a peut-être dit que le père Martenet l'avait expédiée à Paris, qu'il l'aurait même reniée, c'est bien ça ?

— Ce serait plutôt cette histoire, oui...

— C'est la Reine Martenet qui a tout imaginé et manigancé à sa manière, pardi ! C'était devenu une traînée qui a tué son père et sa mère, ça oui, on peut le dire...

— Vous avez donc bien connu la famille ?

— J'ai travaillé chez eux. Tout le monde me connaît ici, vous n'avez qu'à demander Justine, même avec mes soixante-dix-huit ans, j'ai toute ma tête ; ce sont mes pauvres jambes qui ne me tiennent plus. Je viens de passer six mois à l'hôpital, j'ai cru que c'était la fin. Mais le bon Dieu n'a pas voulu de moi et j'ai pu revenir encore dans ma bicoque.

Il allait sortir, lorsqu'elle ajouta :

— C'était une histoire oubliée, vous savez, mais maintenant que j'y pense, vous êtes au moins la troisième personne qui m'en parle depuis la nouvelle année. D'abord une femme, par téléphone, je m'en souviens très bien. Je crois qu'elle pleurait, surtout à la fin de la conversation... Oui, elle sanglotait mais je n'ai pas reconnu cette voix. Et puis un monsieur qui est venu me voir ici, il y a une dizaine de jours, c'est quand même bizarre, cette chose-là... La Reine a peut-être des remords, dit-elle dans un sourire de vieille femme édentée, à faire peur aux enfants.

— Je vous souhaite une bonne santé. Excusez-moi de vous avoir retenue et retardée pour déjeuner.

— Pour le repas c'est pas grave, j'aurai bien vite « tué un œuf ». Ça m'a fait plaisir, pour une fois qu'on peut parler à quelqu'un !

Et Romain s'en retourna, pensif, tandis que l'eau glacée du ruisseau coulait dans son lit, insouciante et toujours limpide. Ses galoches marquaient leur passage sur les plaques de neige gelée et durcie.

Émilie avait-elle découvert récemment la vraie histoire de sa mère ? Possible. Alors Romain pourrait admettre le comportement de la Parisienne. Encore eût-il fallu en avoir la certitude.

Par un matin tout ordinaire, comme le brouillard glacé se dissipait, chassé par les pâles rayons du soleil, il lui vint cette idée : agrandir sa maison.

— Tu vois, Mouche, au printemps, vers les beaux jours, je vais modifier la baraque. Je prendrai tout mon temps. J'ai tout le temps, pour quelqu'un que j'attendrai toujours, mais l'espérance me donne cette force, dût-elle durer l'éternité et m'emporter dans l'au-delà.

Puis il s'approcha de son Émilie de bois, la caressa doucement en lui disant : « Fais-moi un beau petit, ma vie trouvera alors son sens. Je me fous de tout le reste. »

Les informations reçues au Rieu d'Escabès, surtout les mots de « putain d'Escabès », résonnaient encore dans sa tête. Apprendre que l'on est la fille d'une prostituée peut provoquer l'irréparable.

Chez Alfred, on parlait souvent de la photographe parisienne.

— Celle-là, elle t'a mis dans sa boîte, mon vieil ami, lui disait Alfred. Je crains bien que tu ne sois pas au bout de tes peines.

— Je pense à mes parents, parfois. Comment auraient-ils pris les événements ? Ma mère voulait tellement un petit-fils, mais elle avait dû se résigner à s'en passer.

— Ton nom ne sera pas perdu, Departout, tu as quand même de la chance.

Marthe secouait la tête. Elle aussi aurait bien voulu une descendance.

Au café, les parties de belote n'existaient plus, le clan des partenaires s'étant disloqué.

Jules Ferry eut la visite de Romain. Il lui demanda des nouvelles d'Émilie. Elle devint leur sujet de conversation. Jules Ferry tenta de se montrer rassurant.

— Son refus de revenir à Besse est compréhensible, elle n'y avait pas que des amis… Et puis, elle a son travail à Paris, que ferait-elle en Auvergne ? Qu'auriez-vous fait, vous, à sa place ? De plus, elle ne souhaite pas voir resurgir les affaires de sa famille, en souvenir de sa mère. Ici, dans nos campagnes, les histoires du passé ont parfois la vie dure !

À ces mots, Romain se demanda si Jules Ferry connaissait la vraie histoire. Il réfléchit un instant, puis continua :

— J'ai des sentiments sincères pour elle. Je reconnais que je ne suis plus très jeune, c'est vrai. Peut-être est-ce là que le bât blesse.

— Elle le sait… Laissez faire le temps, nous serons discrets sur les événements, soyez sans crainte. C'est une personne respectable, j'en suis persuadé.

Romain Departout aurait préféré l'avoir chez lui, même au risque de braver les qu'en-dira-t-on.

Quelques jours plus tard, une nouvelle se répandit : Jalin s'était tué lors d'un grave accident du travail, au cours de l'installation d'un échafaudage. Sa chute, de plusieurs mètres, lui avait été fatale. La gendarmerie avait enquêté, à la suite d'interprétations diverses et malveillantes. L'affaire, malgré le doute pour certains, fut vite close.

Depuis qu'il avait eu cette attitude vis-à-vis d'Émilie, Romain n'avait plus de sympathie pour lui. Pas d'hypocrisie ! Lors d'une conversation téléphonique, il fit part de la nouvelle à Émilie.

— Maintenant que cet homme n'est plus, il faut que tu saches, Romain...

— Qu'y a-t-il ?

— Je t'ai menti, ce n'est pas en me penchant pour cueillir des mûres que je suis tombée dans le roncier...

Romain sursauta :

— C'est à cause de lui ? Il ne t'aurait tout de même pas...

— Je vais tout te dire, Romain...

Elle lui raconta la vérité :

Alors qu'elle se promenait pour une dernière fois – la veille de son retour prévu à Paris –, elle fut surprise par Jalin. Il la poursuivit, la coinça dans une impasse et l'agrippa fermement. « Je savais bien que je t'aurais. Je préfère te prendre de force, jamais tu n'oseras te plaindre à qui que ce soit ! Je sais qui tu es ! » Elle se débattit, lui enleva dans la lutte ses lunettes, hurla face à son œil rouge et menaçant... Elle sauta sans réfléchir dans les ronces, pour échapper au viol.

— Bon Dieu, et moi qui ne savais rien !

D'habitude très calme, Romain perdait son sang-froid.

— Romain, c'est du passé, n'y revenons pas, cela ne servirait à rien. Mais j'en tremble encore d'effroi.

— Tu aurais pu m'en parler plus tôt, Émilie. Comment ai-je pu croire que ton histoire de mûres n'était pas une invention ? Ce Jalin aurait payé, je te le jure ! Et toi, comment as-tu pu inventer une telle chose ? hurla-t-il, exaspéré.

— Il a payé, en quelque sorte. Nous n'y pouvons plus rien. Qui m'aurait crue, à Besse ? Toi ? Sûrement, mais les autres ? À qui me plaindre ?

Décidément, Émilie ne lui avait pas dit la vérité, une fois de plus. Qu'importaient ses motifs ! Net et clair dans son comportement, Romain supportait mal qu'on le contrariât de la sorte. Un autre doute prenait place dans sa pensée...

Et Romain Departout, l'Auvergnat, anéanti et à bout d'incompréhension, en voulut au monde entier.

Février. Au plus fort de l'hiver, le froid sec serrait la terre. Romain tournait et retournait dans sa maison. Il se sentait inquiet, insatisfait. « Que m'arrive-t-il ? » Il restait bouleversé. « Dois-je subir les événements ? Je vais devenir fou à force d'y penser. Ça ne peut plus durer ! »

Ses pensées précipitées finirent par le secouer. Sa décision était prise.

Le bon feu crépitait dans la cheminée, où les flammes inventaient toujours des formes fuyantes et dramatiques, celles que l'on aime et que l'on craint en même temps. Romain chercha quelques feuilles de papier à lettres – qu'il trouva difficilement – et s'installa à sa table. Puis, très attentivement, il se mit à écrire, avec application et détermination.

Il relut avec soin et demeura longtemps immobile, face à son courrier. Le temps ne semblait plus compter. Il glissa la page manuscrite dans une enveloppe, la scella et inscrivit l'adresse du destinataire, Émilie Martenet. Après un grand soupir, il la plaça bien en vue.

— Tu vois, Mouche, ce sera mieux ainsi…

Par ces grands froids, Mouche dormait dans la maison de son maître.

Romain alla se coucher. Les tisons, fatigués eux aussi, s'épuisèrent et s'éteignirent. On n'entendit plus alors que le tic-tac de la pendule et le souffle du dormeur.

Le lendemain, jour de soleil, où trop de lumière réfléchie par la blancheur de la neige éblouissait les yeux, Romain posta son courrier. Il fit quelques provisions chez ses commerçants habituels et se rendit chez Alfred.

Ils parlèrent du temps, comme l'on fait quand on n'a rien à dire ou que l'on tergiverse. Enfin, Romain annonça :

— Nous avons rompu, avec Émilie. C'est une histoire finie. Nous n'en parlerons plus jamais. Je compte sur vous.

Le silence tomba et scella la promesse.

14

Les temps mauvais

L'annonce faite aux Goutteviau n'était qu'une façade, un pis-aller. Son cœur déchiré saignerait encore pour une longue période.

Les temps difficiles commencèrent à partir de ce jour. Romain refusa de prendre des nouvelles d'Émilie qui, après avoir reçu son courrier, demeura, elle aussi, silencieuse. Bataille d'orgueil entre ces deux êtres ? Romain, barricadé dans son mutisme, souffrait de cette situation, mais il ne céderait pas !

Pourquoi cette attitude, chez cet homme au demeurant calme et tranquille ? Que contenait la lettre ? Un ultimatum ?

À Besse, tout était redevenu comme avant, en ce mois de mars 1984. Un nouveau partenaire, un retraité, vint remplacer le quatrième à la belote, et on ne parla plus de l'été précédent. On aurait pu dire que les événements n'avaient laissé aucune trace.

Cependant, Romain, voyant approcher le mois d'avril, s'intéressait un peu plus au calendrier. Il ne pouvait s'en empêcher.

À Paris, on comptait les mêmes jours. « Dépêche-toi de venir, de grandir, j'ai besoin de toi pour vivre ! » disait Émilie à son enfant en le caressant à travers son ventre. Elle savait qu'elle ne recevrait pas de nouvelles de Romain. C'était inscrit dans le pacte, convention dont elle seule possédait les clés et dont elle n'userait pas. Fichu caractère !

Le mois d'avril arriva et, au troisième décan du signe du Bélier, un petit être vint au monde, à la maternité de Port-Royal, à Paris.

Lorsque Romain reçut la courte lettre d'Émilie lui annonçant la nouvelle, il fut heureux, malheureux et maladroit en même temps. Le garçon espéré était en réalité une petite fille, prénommée Romane... « La mère et l'enfant vont pour le mieux. Nous te donnerons des nouvelles, ne t'inquiète pas, je ne puis rien faire de plus. »

Voilà les mots qui terminaient la courte missive !

Quarante-huit heures plus tard, Romain Detoutlieu débarquait à Paris, à la maternité de Port-Royal. Rien au monde ne l'empêcherait de voir son enfant.

Un bouquet de fleurs dans une main, un gros paquet dans l'autre – une peluche immense –, il poussa la porte de la chambre.

— Romain ! dit-elle doucement.

— Oui, je suis là ! Tu ne m'attendais pas ?

— Romain, regarde ta fille, Romane.

Il alla directement vers le berceau, se pencha, étreint par l'émotion… Il ne savait où déposer son paquet encombrant ni ses fleurs. Émilie demeurait silencieuse, surprise.

— Elle paraît si petite, dit-il.

— Romane pesait presque quatre kilos à la naissance, c'est un gros bébé, tu sais.

— Je ne me rends pas compte. Et toi, comment vas-tu ? dit-il en se dirigeant vers elle.

Presque gênés, ils s'embrassèrent, puis :

— Tu n'as pas changé d'avis, Émilie ? Tu ne veux pas venir à Besse ?

— En attendant que ma fille puisse prendre une décision, nous resterons ici.

— Tu es toujours aussi entêtée. J'ai amené ça pour elle, fit-il en lui tendant une grosse enveloppe. Je suis son père pour toujours, tu sais. Pour le reste, si tu changes d'avis, préviens-moi, mais ne tarde pas.

Émilie avait les yeux gonflés de larmes. Romain s'approcha de nouveau de sa fille, baisa ses petites mains et lui dit doucement quelques mots incompréhensibles pour Émilie. Il se tourna une dernière fois vers elle :

— Au revoir, Émilie.

Elle le rattrapa par la manche de son pardessus, l'attira près d'elle.

— Romain, tu es un homme droit, tu mérites une femme digne de toi. Je ne suis pas celle que tu crois. Je porte sur moi un passé ignoble, que j'ai découvert juste avant ton dernier voyage à Paris.

Il la regardait calmement. Elle continua :

— Lors de mon séjour à Besse, je me suis rendue au Rieu d'Escabès. J'ai appris qu'une vieille femme avait bien connu ma famille. Mais elle était hospitalisée, je n'ai pu la rencontrer. Quelques mois plus tard, je l'ai jointe au téléphone. J'avais besoin de connaître un peu l'histoire de mes grands-parents, même si je savais bien des choses par ma mère.

Émilie sanglotait.

— Ma mère n'était pas la femme que je croyais, Romain, elle m'a menti toute sa vie. Je ne suis rien et j'ai failli me supprimer, mais la vie de l'enfant m'a empêchée de commettre l'irréparable. J'ai honte d'être ce que je suis... Ces choses-là remontent à la surface, un jour ou l'autre, j'en suis persuadée. Voilà pourquoi il y a peut-être un rapport avec sa mort.

— Le passé ne me regarde pas, Émilie.

— Je comprends pourquoi ma mère m'a éloignée du lieu de son enfance. Là-bas, tout le monde sait...

— Je n'ai pas changé d'avis. Je repars tout de suite, maintenant que j'ai vu ma fille. Au revoir, Émilie.

Il ne voulait pas en entendre davantage, n'espérant qu'une chose : que cessent ces jérémiades, car pour lui c'en étaient.

Visite brève qui pourtant lui arrachait le cœur.

Romain garderait le secret sur ce voyage rapide et discret à Paris, vis-à-vis d'Alfred qui ne manquerait pas de poser bien des questions sur l'enfant annoncé. L'été arriva, puis l'automne, puis l'hiver.

Lors de ce Noël 1984, il reçut la première photo de Romane, protégée par une feuille de papier si bien pliée qu'il trembla en l'ouvrant. Il la saisit délicatement entre ses gros doigts. Un bébé de sept mois... son enfant... sa fille, Romane ! Cela lui tordait l'estomac... À qui ressemblait-elle ? Il n'aurait pu le dire. Longuement, il l'observa. « Ma petite, répétait-il, ma petite, décide-toi avant qu'il ne soit trop tard. » Puis il montra la photo à Mouche, qui ne comprenait pas.

Plus tard qu'il l'avait prévu, Romain entreprit de modifier sa maison, aménageant son garage en studio.

— Tu entreprends des travaux, Romain ? lui demanda Alfred.

— Depuis longtemps déjà, j'y songeais, alors j'ai décidé de faire un petit studio. Je pourrais le louer en été comme en hiver, plutôt que de ne rien faire de ce garage.

— As-tu des nouvelles d'Émilie ? Entre nous, tu pourrais tout de même me le dire, nous sommes des amis, oui ou non ?

Romain ne répondit pas. Alfred remarqua que la statue d'Émilie ne trônait plus à sa place habituelle, mais n'en souffla mot. « Bref ! Il n'aura jamais de chance avec les femmes, pensa-t-il. Moi, j'en aurais bien pris une, même pas belle. »

Romain reçut une deuxième photo fin avril. Au dos de celle-ci : « Romane, 1 an ! » Suivi de : « Je t'enverrai la photo de ta fille à tous ses anniversaires. »

Il rangea le précieux cliché avec le premier, dans le tiroir de son armoire. Il prépara ensuite un bref courrier, accompagné d'un gros chèque pour Romane.

La vie devint de plus en plus difficile pour Romain, surtout aux dates anniversaires. Chaque vingt-cinq décembre, fête familiale par excellence, se déroulait d'une manière terne, triste et morne, même si Marthe Goutteviau mettait tout en œuvre, comme par le passé. Bien des questions brûlaient ses lèvres...

Romain se demandait parfois comment Émilie vivait elle-même ces périodes. Et sa petite Romane ? Avait-elle suffisamment d'amour autour d'elle ? Vers qui se tendaient ses petits bras ? Et, plus tard, qui lui conterait les histoires que l'on relate aux enfants, qui les font frémir quelques instants ? Parfois, on aurait pu le voir essuyer ses yeux d'un revers de manche et chercher où poser le regard pour oublier son chagrin. « Quel gâchis ! » s'exclamait-il de temps à autre en appuyant ses propos d'un geste violent.

De mauvaises idées défilaient dans la tête de Romain Departout, mais il se répétait qu'il avait fait ce qu'il devait faire, ne pouvant aller plus loin.

À force de ne pas comprendre, il perdait patience. « Pour qui se prend-elle ? On n'est pas responsable de la conduite de ses parents, que diable ! » Et si ce n'était qu'un prétexte ?

Son regard fixait la lueur du poste de télévision, sans pour autant suivre le programme diffusé. Une compagnie sans doute, une présence. Mouche, d'un œil, surveillait son maître. Le connaissant parfaitement, elle le voyait tourmenté, agacé plus que d'habitude.

Romain secouait parfois la tête de cette manière qui ne laisse subsister aucun doute : « J'en ai pardessus la tête, de cette femme ! Et ma pitioune qui va vers ses quatre ans... Situation lamentable. Ce n'est pas digne de moi. J'ai envie de disparaître. »

Fallait-il tout gommer, tout effacer ? Pourtant, au plus profond de lui, il voulait entretenir un faible espoir, fût-il mince comme un fil de soie. Romane grandirait et un jour, fatalement, elle voudrait savoir. Alors...

Il se leva, se dirigea vers sa réserve où il dénicha une bouteille de vin et revint s'asseoir, non sans l'avoir débouchée. Le feu dans la cheminée s'activait. Verre après verre, il accompagnait sa pensée de quelques onomatopées appropriées. Il pensait intensément à la statue de bois, la belle Émilie, son chef-d'œuvre...

— Je ne mérite pas ton attitude, je crois par moments que je te hais ! Oui, je te hais !

Il plaça de nouveau quelques bûches sur les tisons déjà bien en feu et attendit.

— Tu vas voir ce qu'on va lui faire, Mouche. Ce n'est pas d'une femme en bois que j'ai besoin mais d'une femme pleine de vie et d'envies. J'en ai marre, hurla-t-il, marre !

La tristesse, le besoin soudain d'une femme... La chaleur du feu et l'alcool l'avaient annihilé. Il alla chercher la statue – rangée depuis quelque temps dans son débarras –, la saisit sans ménagement et la transporta vers la cheminée. Ce n'était plus un chef-d'œuvre mais une masse de bois qu'il ne regardait même pas. Fallait-il qu'il souffrît !

Il la déposa au milieu du feu.

— Au moins, je ne la verrai plus...

Les flammes léchaient ces formes si parfaites, s'enroulaient comme pour mieux posséder, elles aussi, ce corps magnifique. Romain but un autre verre. Mouche avait haussé la tête et s'était même reculée devant ce feu grandissant.

Dans le cœur et le corps de Romain, il y avait aussi un grand feu...

Lorsque les flammes eurent consumé l'œuvre jusqu'à la couper en deux par le milieu, Romain regroupa au centre du brasier les deux parties séparées. Les flammes s'agrandirent encore une fois, pour le dernier festin. La bouteille était vide et l'homme accablé s'endormit, anéanti.

La comtoise avait sonné des demi-heures et des heures quand Romain se réveilla, engourdi dans une position peu confortable. Il ne restait plus que des cendres dans la cheminée, entre les chenets, des cendres qu'il nettoierait plus tard. Il s'allongea de tout son long sur son lit, sans se dévêtir.

Tant de travail, de passion et d'amour partis en fumée... Il traversait une période plus difficile que les autres, saisi de doutes, d'envies, de chagrins, parfois exacerbé par mille pensées y compris celle de se détruire.

Le lendemain, libéré des effets de l'alcool, il constata le désastre. « J'ai brûlé la mère de mon enfant ! » Alors, il pleura à chaudes larmes, brisé.

Les jours passaient. Il prit l'habitude de fréquenter les cafés et, petit à petit, s'habitua à boire pour chasser ces réflexions insensées. Les Goutteviau, malgré toute l'affection qu'ils lui vouaient, ne purent réfréner sa lente descente aux enfers. Departout s'enfermait imperturbablement dans sa destruction. Envahi totalement par le doute. « Cet enfant... Peut-être celui de Jalin... Elle m'a si souvent menti... »

Il regardait longuement les photos de Romane et finissait par trouver, certains jours plus difficiles à vivre que d'autres, des ressemblances avec Jalin.

— Nom de Dieu ! criait-il, j'aurais dû le tuer de mes propres mains, j'aurais maintenant la conscience tranquille, si l'on peut dire...

Les travaux du studio s'arrêtèrent. Traîner, boire et cuver son alcool, voilà à quoi Romain passait son temps, désormais. Il s'empêtrait dans un labyrinthe sans issue. Quelques acolytes lui tenaient compagnie, profitant de sa générosité. Puis Romain refusa même de voir son ami Alfred.

— À quoi bon, lui avait-il dit, je ne suis plus rien. Toi, tu as toujours une bonne mère, gardez-vous bien tous les deux. Il ne me reste qu'à mourir, à débarrasser le monde !

Seule Mouche le suivait, fidèle comme son ombre, même si les distances parcourues se résumaient à celles qui séparaient sa maison des comptoirs. Alors que Romane allait sur ses cinq ans, il arriva un incident.

Lorsque, un matin Marthe Goutteviau ouvrit sa fenêtre et poussa ses volets, quelle ne fut pas sa surprise d'apercevoir Mouche qui semblait l'attendre, les yeux fixés sur elle, le regard suppliant. Marthe se pencha alors un peu plus et vit Romain par terre, recroquevillé contre sa maison, respirant difficilement.

— Mon Dieu, Romain !

Avec l'aide de voisins, elle prit soin de cet homme désemparé et le coucha chez elle, comme elle l'avait déjà fait, puis appela le médecin.

— S'il continue ainsi, dans quelque temps, nous ne pourrons plus grand-chose pour lui, affirma-t-il.

— Il est fichu, docteur ?

— Un homme se détruisant de la sorte, à part un miracle... Seule sa volonté peut le sortir de là. Peut-être pourriez-vous lui parler... s'il vous écoute. Ce n'était pas homme à se laisser aller ainsi, ajouta-t-il, soucieux.

— Nous allons tout essayer pour l'aider, ma mère et moi, dit Alfred. C'est mon seul ami et j'y tiens, même si depuis quelque temps, je dirais même beaucoup de temps...

— Une femme ? dit le médecin.

Alfred répondit d'un geste qu'il ne savait pas.

Romain dormit toute la journée, pendant la nuit entière et jusqu'à 17 heures le lendemain. Mouche ne l'avait pas quitté. À son réveil, tout surpris de se retrouver chez les Goutteviau, il ne prononça aucun mot.

Marthe, dans la chambre où régnait encore une odeur de vin mauvais, le regardait. Sans gentillesse ni indulgence.

Une barbe de trois ou quatre jours, des cheveux dans tous les sens, sale, tout habillé sauf les chaussures, il n'osait bouger, comprenant la triste situation.

— Romain, tu m'as fait honte ! Tu ne peux pas continuer de la sorte, alors tu vas m'écouter sans dire un seul mot.

Pour la première fois, Marthe lui montra une autorité qu'il ne lui connaissait pas, et cela le paralysait. Elle se campa face à lui, les bras raidis le long du corps et les poings serrés.

— Je vais m'occuper de toi pendant quelques jours.

— Mais je peux...

Marthe haussa le ton :

— Ne dis rien, Romain. Je vais prendre soin de toi comme l'auraient fait tes pauvres parents. Pense un peu à eux, s'ils te voyaient... Tu vas rentrer chez toi et te mettre propre et tu viendras chez nous midi et soir, à jeun, pendant le temps qu'il faudra.

À cet instant Alfred entra. Sa mère continua avec une intonation plus calme :

— Ton ami Romain a décidé de reprendre une vie normale, il viendra pendant quelque temps prendre ses repas ici. Nous allons le ragaillardir, il n'y a pas de place pour les ivrognes dans la famille !

Puis elle sortit en claquant la porte.

Les deux hommes ne se parlèrent pas, évitant même de croiser le regard. Romain se leva, se chaussa et, d'un pas encore plein de fatigue, se dirigea vers la porte.

— Tout ça me regarde, dit-il, je ne reviendrai pas chez toi...

— Ma mère ne sera pas contente. Ma mère t'aime, Romain, et, moi, j'ai beaucoup d'estime pour toi.

Et Departout rejoignit sa maison en compagnie de sa fidèle Mouche, sans se retourner.

Plus loin, d'un revers de manche, il essuya une humidité naissante dans ses yeux en pensant aux mots entendus.

Marthe, tout émue et retournée, s'adressa à son fils avec un léger tremblement :

— J'ai été bien dure avec ce pauvre Romain, il ne me pardonnera jamais. Je l'ai maltraité, je ne me reconnais pas... Lui parler ainsi, ce n'est plus un gamin !

— S'il revient, tu auras gagné. Tu es une bonne mère, et pour deux...

Et Marthe s'éclipsa, presque gênée d'avoir eu ce comportement inhabituel.

Lorsque le soleil se coucha, Romain n'avait pas reparu chez les Goutteviau. Alfred s'inquiétait, mais sa mère le rassura :

— Il a peut-être honte, c'est ce qui le sauvera !

Le lendemain, vers midi, accompagné de Mouche, Romain se dirigea vers la maison d'Alfred. On aurait pu dire qu'il était tout neuf, ayant mis de l'ordre dans sa tenue, même si l'allure n'était pas celle d'un jeune homme. Lorsqu'il entra chez Marthe, celle-ci l'accueillit simplement.

— Assieds-toi là, Romain, nous t'attendions.

— Merci pour...

Difficile de trouver les mots. Marthe gomma la difficulté :

— Tu aimes toujours le civet de lapin ? Parce que celui-là, Alfred dit qu'il ne sera pas mauvais.

Romain avait-il pris conscience de son état ?

Il avait ressassé la phrase que lui avait infligée Marthe. « Romain, tu m'as fait honte ! Il n'y a pas de place pour les ivrognes dans la famille. » Ces quelques mots, jamais encore prononcés par elle, l'avaient percuté en plein cœur. Il faisait honte à ses amis, à sa famille... Comme un électrochoc, ces paroles l'aidaient à réagir.

— Vous n'aurez plus à avoir honte de moi, annonça-t-il à la fin du repas, je vous le promets !

Il confia à son ami qu'il avait brûlé la statue d'Émilie. Alfred ne dit mot, évitant de ranimer le passé.

Rentré chez lui, Romain se cala dans le creux d'un fauteuil, s'abandonnant à ses pensées. « J'ai failli me détruire... Que m'est-il arrivé ? Suis-je si faible, face à cette histoire qui me mine depuis trop longtemps ? Ne suis-je donc qu'une lavette ? » Il fixa son chien qui le regardait, immobile et comme peiné. La journée se passa doucement. Le vent, dans les boulevards du ciel, chassa les nuages.

Le lendemain, Alfred lui rendit visite sous un faux prétexte :

— Faut bien que j'utilise ma « Mercedes », sinon elle va devenir fainéante, un peu comme moi ! dit-il en plaisantant.

— Entre un moment, ça me fait plaisir de te voir.

Après quelques minutes, Romain lui déclara :

— J'ai enfermé mes chagrins dans un coffre-fort, jamais ils n'en sortiront.

Alfred l'observa avec une satisfaction soudaine.

— J'ai un ami vigneron à Boudes, comme tu le sais. Il m'a raconté comment, à la sortie du pressoir, on enferme le vin dans des tonneaux pour le faire mûrir et vieillir. Si épaisses que soient les douelles – elles font jusqu'à trois centimètres –, le vin et l'alcool pénètrent dans le bois et parviennent à s'évaporer. On appelle ça la « part des anges », ou la « part de l'ange ».

— Et alors ?

— Tes sentiments aussi s'évaporeront en partie, quoi que tu fasses, même solidement rangés au fond de ton cœur, ton tonneau à toi !

Romain ne voulait pas comprendre. Alfred continua sa métaphore :

— Au fur et à mesure de cette évaporation, le vigneron « ouille » – il refait le plein des fûts afin d'éviter la propagation des bactéries nuisibles et de conserver à son vin toutes ses qualités.

— Eh bien, je vais laisser s'évaporer mes sentiments, comme tu dis. La réserve peut s'échapper, je ne la remplacerai pas, je n'en ai plus l'envie ni les moyens. Dans quelque temps, le tonneau sera vide, la vendange foutue ! ajouta-t-il calmement.

— N'en parlons plus, je ne suis pas descendu pour te perturber, bien au contraire.

La météorologie régionale prit alors place dans la conversation, certes pas au beau fixe, elle non plus. Parler du temps, ça fait tourner l'horloge et ne causede mal à personne.

À partir de ce jour, un homme reprit peu à peu goût à une vie presque normale. Finies les visites aux cafés, les mauvaises compagnies. Dans le regard de Marthe, qui vieillissait doucement, il devinait parfois une secrète étincelle !

Quant au studio, il le termina – à son rythme – mais ne le loua jamais. Il en ouvrait cependant chaque jour les fenêtres, comme il ouvrait les autres.

À Paris, Émilie élevait son enfant, heureuse d'avoir eu ce merveilleux cadeau qui comblait sa vie. Entre son travail et Romane, peut-être oubliait-elle Romain ? Ses sentiments s'étaient estompés, malgré le lien si vivant qui la rattachait à l'Auvergne, et le temps s'écoulait. Étrange comportement ! Comment pouvait-elle vivre ainsi ? Priver sa fille de son père ? Était-ce par orgueil, par crainte, par faiblesse ? Le savait-elle précisément ? Elle se montrait si active dans son travail, si courageuse et si entreprenante, veillant quelquefois très tard dans la nuit, jusqu'aux premières heures de l'aube, lorsque l'inspiration lui était profitable... Elle se savait aussi molle et sans forces dans d'autres occasions. Imprévisible, redoutant un deuxième échec après ce premier mariage soldé par un divorce, elle semblait se résoudre à cette situation, peut-être inconsciemment. Elle verrait plus tard, plus tard... Mais en attendant, quel caractère ! « Parfois, je ne sais même plus qui je suis », jurait-elle.

Romain, malgré le chagrin qui le dévorait par moments, se contentait – par la force des choses – de recevoir des photos de sa fille. Il pensait aussi à Émilie, qui n'avait pu connaître son père… et les écarts de jeunesse de sa mère. C'était peut-être à cause de toutes ces raisons qu'il vivait encore et qu'il envoyait toujours à Émilie les subsides destinés à Romane. Le contenu du tonneau s'évaporait…

Pour le sixième anniversaire de Romane, il adressa à Émilie le courrier habituel. La lettre lui revint : « N'habite plus à l'adresse indiquée. » Il décrocha le téléphone : plus d'abonné ! À quelques jours de là, il reçut une photo de sa fille (six ans), sans libellé d'expéditeur. Il renvoya de nouveau son courrier, marquant sur l'enveloppe : « Prière de faire suivre. » La lettre lui revint avec la mention : « Parti sans laisser d'adresse. » Il attendit en vain un signe. Alors, il se résigna à la terrible situation, en réalité bien facile à comprendre. La rupture définitive !

Parfois Romain ne savait plus stabiliser ses pensées, tout se bousculait en lui. « Est-ce que je mérite de vivre une telle situation ? Tout ça est-il bien réel ? » Dans les faits divers du journal, il y avait bien pire, hélas ! Il pouvait en conclure que c'était donc possible… Mais l'admettre lui paraissait insupportable.

Pourquoi son regard, un matin, se posa-t-il sur l'église de Besse, et de manière insistante ? Depuis son origine, elle avait subi tant et tant de transformations, de modifications, que certains contemporains employaient à son encontre les termes d'« école de styles religieux » !

Il l'observait si méticuleusement dans ses détails qu'il semblait la découvrir. Il alla se planter devant elle. Lors d'enterrements, il en avait bien franchi le seuil, il la connaissait ; mais aujourd'hui, il la discernait.

Troublé sans doute par l'inexplicable ou l'incompréhensible situation qu'il vivait avec Émilie, il se dirigea vers la porte principale. Mouche, vieillissante, ne l'avait pas suivi. Avant d'entrer, il marqua un arrêt, observant particulièrement une pierre sur le côté droit, énorme et qui jaillissait du sol. Ce rocher était taillé de telle façon que le mur s'emboîte dessus. Avait-on voulu, à l'époque de la construction – le XIIe siècle –, capter les forces de la terre pour les transmettre à ce lieu de culte ? Romain ignorait qu'il s'agissait là de la pierre principale de l'église Saint-André, la pierre dite « d'initiation ».

Il poussa la porte et pénétra dans l'édifice. Température fraîche. Habituelle obscurité des églises. Il franchit le narthex, rejoignit le premier banc qu'il pût atteindre et s'assit. Un silence recueilli. De sa place, il ne voyait que le vitrail de l'abside, les piliers de la nef et du transept dissimulant les verrières latérales. Le hasard avait choisi sa place. La distance le séparant du vitrail d'où venait la seule lumière lui parut bien grande. De l'ombre à la lumière, il y a souvent un long chemin... Romain Departout réfléchissait.

Se découpant sur l'unique lumière, la forme de la croix de l'autel se dessinait maintenant à ses yeux. Voilà à qui il voulait s'adresser, sans doute maladroit dans la formulation du message à transmettre. Il vérifia que sa veste fût bien boutonnée, posa ses mains l'une sur l'autre et se mit à penser tout haut. « C'est bien la première fois que je viens chez vous pour vous parler un instant. Je n'ai rien à vous demander pour moi-même, mais je voudrais simplement vous dire ce qui m'arrive, même si je ne vais pas à la messe. Mes parents m'ont baptisé et j'ai fait ma communion solennelle, mais, depuis, je ne suis guère entré dans une église, sauf pour les obligations de la vie. Cela étant, il faut que je vous dise que j'ai un enfant. Ça doit vous surprendre, n'est-ce pas ? »

Il attendit un long moment avant de continuer. « Je vous disais donc que j'avais une fille mais sa mère ne semble pas vouloir vivre avec moi, elle est ainsi. J'aime cette femme et cette enfant, je peux vous le jurer – pardon, vous le dire franchement –, oui, à vous je peux le dire. Il ne faudrait pas les abandonner, il faudrait veiller sur elles, surtout si je m'en allais… un jour… Je perds patience et confiance, alors je vous les confie. Voilà ce que je suis venu vous dire aujourd'hui. »

Ce n'était pas un miracle qu'il souhaitait, ne croyant pas à ce genre de choses, mais il avait fait ce qu'il avait jugé bon de faire.

Il resta là, immobile, pendant de longues minutes. La distance entre l'abside et lui ne s'était pas réduite. Pourtant, petit à petit, l'obscurité lui sembla plus légère, tout naturellement.

Lorsqu'il se déplaça pour quitter les lieux, il découvrit dans l'une des chapelles adjacentes du côté nord un tableau sculpté sur bois représentant Marie et Joseph, tenant par la main Jésus adolescent. Il ne voulut pas s'y attarder, l'image lui faisait presque mal... Il sortit, referma la porte sans bruit, précautionneusement. Un dernier regard vers le clocher, et l'homme retrouva les bruits de la ville.

La fin de l'année fut difficile à vivre. Il redoutait l'hiver qui arrivait. Le trou. Le néant. Décembre fut terrible dans la solitude. Le froid et la neige s'emparaient du pays tout entier.

Il déjeuna comme d'habitude puis, accompagné de son chien, marcha dans les rues de Besse, aux abords blancs et gelés. Au bout d'un moment, il se dirigea vers la maison de son ami.

— Tu as l'air bien décidé, Romain, que t'arrive-t-il ?

— Fais-moi donc un café, j'ai envie de faire un tour, loin.

— Par cette température ? Tu n'y penses pas sérieusement ?

— J'ai besoin de prendre l'air, de marcher et de voir autre chose que Besse. Donne-moi quelque chose de très fort, j'étouffe !

— Que se passe-t-il ? Toi, tu ne vas pas bien.

Il ne répondit pas. Marthe prépara le café sans poser de questions, elle savait Romain tracassé, le connaissant depuis si longtemps. Alfred servit à son ami une bonne eau-de-vie de « derrière les fagots », comme l'on dit ici. Un petit au revoir, à peine différent des autres jours.

Puis Romain rejoignit sa maison. Il prépara sa voiture, vérifia les chaînes aux roues et laissa quelques instants tourner le moteur.

— Nous allons nous changer les idées, Mouche, accompagne-moi jusqu'au Pavin, on en fera le tour en pensant à autre chose…

Vers les 15 heures, on vit la 4L se faufiler entre les bords enneigés et prendre la direction du lac. Plus loin, la route était bien dégagée, la proximité de Super-Besse nécessitant un état excellent de ses accès. Ils grimpèrent jusqu'au niveau du lac et se rangèrent entre les trois ou quatre voitures présentes. Puis le randonneur et son chien passèrent tous deux devant le restaurant, seule habitation des lieux. Quelqu'un salua Romain en lui disant :

— Vous êtes courageux, Romain ! Prenez garde sur le sentier, il y a des branches et des arbres en travers.

Déjà, muni d'un solide bâton, il s'engageait pour contourner le Pavin. La dernière tombée de neige n'avait rien épargné, et la voie, même piétinée par d'autres promeneurs, n'offrait aucune facilité. Quelques branches arrachées par le poids de la neige obstruaient parfois le passage, si ce n'était un arbre entier !

Péniblement, Romain avait atteint le point culminant du sentier, le plus abrupt aussi, celui qu'Émilie appréciait. Débarrassant un rocher de sa neige, il s'assit pour souffler un moment. Mouche se colla tout contre lui ; elle sentait la main caressante du maître lui transmettre son affection.

Devant lui, un décor magnifique. Le lac gelé, saupoudré de cette neige collant à la glace, plus mystérieux encore, offrait sa surface argent, nacrée, moins bleutée que d'habitude, immobile, inerte et métallique, tout d'un bloc. Autour, les arbres effeuillés tentaient de résister face à un vent glacial qui venait de se lever. Les sapins laissaient s'échapper par lambeaux le lourd manteau d'hermine, contraste superbe avec leur verdure éternelle. Quant aux broussailles, elles croulaient, faisant le gros dos sous le poids de l'hiver. Au loin, le Sancy, seigneur des lieux, régnait fier, un peu suffisant, et se permettait de voler quelques touches de couleur orangée au soleil descendant.

Il n'y avait plus de promeneurs, si hardis fussent-ils. Romain demeura longtemps sur cette pierre dominant le lac, désormais convaincu qu'Émilie ne l'aimait pas. L'enthousiasme qu'elle avait éprouvé pour lui, pour cette région aussi, pour « son » pays, aurait-il aimé dire, semblait évanoui. Soudain, il ne sut plus pourquoi il se trouvait dans ce lieu. Puis son regard se troubla...

Quand l'aubergiste vit la 4L blanche toujours à la même place, une inquiétude envahit son esprit. Le doute s'installa si fort qu'il décida de faire le tour du lac, au cas où Romain aurait eu des ennuis. L'homme, jeune, marchait le plus vite possible. La nuit, pressée en cette saison, ne tarderait pas.

Romain reprit enfin conscience. Il était comme perdu, n'ayant pas autour de lui le décor habituel de sa maison.

— Tu nous as fait une sacrée trouille, l'ami. Rassure-toi, tu n'es même pas cassé.

Alfred, sur son fauteuil roulant, se tenait près de lui.

— Je suis chez toi, Alfred ? Que se passe-t-il ?

— T'as voulu jouer au touriste débutant et imprudent. On t'a retrouvé au bord du Pavin, retenu par des taillis. C'est le restaurateur qui t'a secouru, sans lui tu aurais gelé pendant la nuit, comme dans un congélateur.

— Je ne me suis rendu compte de rien, je ne me souviens pas d'être tombé...

— Tout ça c'est terminé, maintenant. On va te garder là pour une ou deux nuits et ensuite tu rentreras chez toi, quand tu voudras. On va s'occuper de Mouche, qui n'arrêtait pas de te lécher le museau quand on t'a trouvé... Brave bête !

— J'ai bien mal à la tête, quand même, j'ai dû la cogner un peu fort.

Marthe l'observait :

— Tu as la tête dure ! Le docteur t'a recousu le cuir chevelu, une belle entaille, ma foi ! Mais si tu as mal à la tête, ne te plains pas trop, Romain, les Auvergnats ne geignent pas pour si peu, que diable !

Autoritaire, Marthe ! Vexé, Romain répliqua :

— Je ne dirai plus un mot, puisque c'est ainsi.

— Sauf quand on parlera d'Émilie, lui glissa Alfred à l'oreille, avec une pointe de malice et un sourire entendu.

— Il faut oublier tout ça. J'ai été ridicule ! Un moment de mélancolie.

— Oh ! Il y a du nouveau ?

Alfred avait perçu une faille chez son ami, mais Romain se ressaisit.

— Cette histoire est close, faut plus m'en parler, Alfred. Tout est mort, et moi aussi, j'aurais dû être mort !

Alors, bien vrai, le sujet s'éclipsa, à l'abri d'une montagne de silence. Car lorsque Romain prenait une décision, il savait s'y tenir.

La vie poursuivit son cours, à Besse, avec pour événements mariages, naissances et enterrements, un nouveau maire.

Marthe fit un jour elle aussi ses bagages et s'en alla rejoindre son mari ; c'était en 1998. Alfred et Romain devinrent orphelins totalement. Alfred engagea une aide-ménagère et les deux compères se retrouvaient très souvent, tous les dimanches comme par le passé, et parfois davantage. Solange avait quitté le pays, il y avait plus de dix ans de cela.

Romain Departout décida alors de vendre sa maison de Clermont. Il n'envoyait plus d'argent à Émilie pour Romane, mais le plaçait sur un compte spécial. « Il faut tenir jusqu'à sa majorité, se disait-il. Il ne sera pas dit que Departout ne tienne pas sa parole. Après, je ne sais pas ce que j'en ferai, non, je n'en sais rien. J'ai l'impression que je suis seul au monde pour la première fois. Si un jour je dois aller à l'hôpital… » Il se ressaisit presque aussitôt : « Au diable ces atroces pensées, il y a de quoi devenir fou ! »

La ville de Besse avait connu beaucoup de transformations, d'améliorations, de rénovations de voirie, de constructions s'harmonisant si parfaitement au site qu'elles paraissaient y être depuis longtemps. Tant et tant de dévalades et de montades de la Vierge de Vassivière avaient eu lieu, montade au printemps, dévalade à l'automne. Et puis toutes ces fêtes, ces manifestations dans la ville, qui sait bien vivre en toutes saisons.

Depuis trois années, un nouveau chien, un labrador, avait remplacé Mouche, morte de vieillesse et dont la disparition avait causé beaucoup de peine à son maître.

Cassière mourut le 25 décembre 1999, lui qui voulait absolument connaître l'an 2000... Une foule considérable accompagna le vieil instituteur vers sa dernière demeure, avec un recueillement saisissant. Dans cette petite ville, chaque habitant a le respect pour celui qui s'en va et sait le lui prouver, parfois timidement, toujours sincèrement. Romain ne saurait donc pas si Jules Ferry avait connu la vraie histoire des Martenet du Rieu d'Escabès. Il en demeurait convaincu, cependant, mais il connaissait aussi la valeur morale et discrète de cet homme.

Les jours passaient. Romain n'avait plus de nouvelles, depuis la photo des six ans de Romane. « Elle devrait avoir seize ans cette année, si je compte bien. » Et il comptait sur ses doigts... « Mon Dieu, seize ans déjà ! »

Même si le contenu du tonneau diminuait au fil du temps, il en demeurait une excellente partie...

Il avait lu dans quelque revue que les enfants se conduisent souvent comme leurs parents. Émilie s'imposait-elle de vivre seule avec son enfant, comme l'avait fait sa mère ? Il se le demandait parfois, dans ce tourbillon incompréhensible des jours qui s'enfuient en curant jusqu'au vif le cœur d'un père abandonné.

Aussi, Romain Departout était-il triste en ce 12 avril 2000, veille anniversaire de la naissance de Romane. « Je ne peux plus vivre avec cette idée, je ferais mieux de disparaître, comme j'ai failli le faire un jour d'hiver au lac Pavin. » Puis, s'adressant à Mouchette, son nouveau chien : « Tu ne peux pas savoir, tu es trop jeune, toi, tu n'as pas connu Émilie... »

La nuit endormit Departout un peu plus tard que les autres soirs.

Il était assis sur les rochers dominant le nord du Pavin. La neige tombait de plus en plus, lourde et cependant si silencieuse. Le niveau du lac recouvert montait, montait jusqu'à s'approcher de lui, comme pour une invitation. Les flocons devenaient énormes et difformes. Il se leva et osa marcher sur cette couche profonde qui le soutenait. Il crut apercevoir une silhouette...

À son réveil, il vérifia le calendrier. Jeudi 13 avril 2000 ! À peine un souvenir du lac enneigé. La journée s'annonçait belle, ensoleillée, printanière, lumineuse.

Oubliée la tristesse de la veille. Dans les matins de soleil comme celui-là, la lumière cajole jusqu'au fond de l'âme. Mouchette aussi, toute fière de son chiot âgé de deux mois, faisait très généreusement la fête à son maître.

Ils ne virent pas la voiture qui stoppait non loin de là, ni les deux silhouettes qui en descendirent. Elles approchèrent doucement, puis vinrent à quelques mètres de l'entrée du jardin. Elles observaient la maison de Romain Departout.

Intuition ? Celui-ci se retourna subitement, devinant une présence. Là, tout près, une femme et une très jeune fille, une adolescente. La femme le regardait. « Est-ce possible ? » Mais oui, plus de doute. Puis Romain porta les yeux sur cette enfant, cette jeune fille qu'il ne connaissait pas.

Serait-ce Romane ?

Mouchette se précipita vers les visiteurs, affectueuse comme le sont la plupart des labradors – chiens doux et attachants par excellence. Romain ne la retint pas, ébahi.

Il fit un ou deux pas, n'osant davantage, ne sachant que dire ni que faire, tant l'événement le dépassait, le submergeait.

Rêvait-il ? Ce moment tant souhaité, tant prié, se réalisait-il ? Il se figea tel un bronze. Pas un trait de son visage ne bougeait. Ses bras, arrêtés dans un mouvement incontrôlé, marquaient aussi leur inutilité. Jamais surprise n'avait paru si grande. Un léger déséquilibre le trahit cependant.

Ce fut Émilie qui prononça les premiers mots :

— Je te l'ai amenée, voici Romane, ta fille !

Romain s'approcha d'elle, presque tremblant, s'accroupit maladroitement pour ne pas l'impressionner, lui prit les mains et ne trouva que ces mots à lui dire :

— Bon anniversaire, Romane, bon anniversaire…

Il la regardait, n'osant l'embrasser. Elle lui sourit, timidement. Puis, il dit enfin quelques mots :

— Que tu es belle, que tu es belle, Romane !

Il se releva, adressant son regard à Émilie, dont il avait presque oublié la présence.

— Merci, Émilie, merci. Mais comment... Pourquoi maintenant ? Je ne savais plus rien de vous.

Il s'embrouillait, ne savait plus quelle attitude adopter.

Elle lui tendit les bras et il céda à son appel.

L'instant chavirait l'ordre des choses. Alors, succombant à l'émotion du moment, il laissa faire, sans heurt, submergé par ce qu'il avait cru impossible auparavant.

Mouchette, débordante d'affection, ne lâchait pas Romane de ses tendresses. Romain ne trouvait plus de mots.

— Tu aimes les chiens, Romane ? dit-il.

Elle fit oui de la tête.

— Alors, viens...

Sans s'en rendre compte, il lui tendit la main, comme il l'aurait fait pour un tout jeune enfant. Elle lui donna la sienne et tous deux s'avancèrent vers la niche. À ce moment précis, une boule de poils en sortit. Romain la saisit et la présenta à Romane.

— Voilà pour toi, ce sera ton cadeau de bienvenue... Si j'avais pu prévoir... Comment est-ce possible ?

Elle prit le chiot délicatement dans ses bras, lui sourit, le câlina, l'embrassa et se laissa lécher par sa petite langue râpeuse.

— Tu lui donneras un nom, il n'en a pas encore.

Romane n'avait pas dit un seul mot mais, dans ses yeux clairs, il y avait quelque chose de doux et de tendre.

— Je suis tellement surpris, Émilie, je ne m'y attendais plus… Enfin, je ne sais que dire.

Puis, avec un large geste de ses bras ouverts, il prononça la formule auvergnate :

— Achevez-donc d'entrer.

Toutes deux pénétrèrent les premières comme on entre dans une église, presque avec recueillement, même Émilie, qui connaissait pourtant les lieux. Elle se retourna vers lui :

— Tu n'as pas changé, Romain.

— Toi non plus, Émilie, tu es toujours…

Il ne put dire ce qu'il ressentait.

Oh ! ils avaient changé, bien sûr. Romain avait les cheveux un peu plus blancs, pour ne pas dire tout blancs, quelques nouvelles rides, un peu de tristesse dans le regard. Émilie, malgré son charme, avait quelques plissures aux coins des yeux qui n'y étaient pas autrefois… Bref ! Ils avaient seize ans de plus.

Tandis que Romane tenait toujours précieusement son chiot contre son cœur, Émilie et Romain parlèrent enfin, libérés de l'émotion des premiers instants.

— Tu as agrandi la maison, il me semble.

— Oui, pour la louer. Je me suis occupé, les jours deviennent longs. Petit à petit, avec du temps, voilà… Venez visiter, toutes les deux. Pour toi, Romane, c'est une découverte.

— Ta maison, Romain, elle la voit tous les jours. Il y en a partout, sur les murs de chez nous.

— Les photos que tu avais...

— Oui, Romain. La maison aux clématites l'attirait tellement qu'elle n'y tenait plus. Romane est... enfin, c'est elle qui a tant insisté pour venir ici.

— Tu lui as dit...

— Tu es son père et elle le sait. Elle a seize ans.

Romain se tourna vers sa fille, lui tendit la main une nouvelle fois. Elle le suivit.

— On va faire le tour de la maison, ce n'est pas un château, mais...

— Elle est belle !

Romane avait dit ses premiers mots. Romain Departout lui souriait mais ne lâchait pas sa main. Il ne s'en rendait pas compte, il oubliait qu'elle avait seize ans.

Romain les invita pour le déjeuner, au restaurant. Émilie et lui avaient tant de choses à se raconter... Pourtant, un certain malaise, une gêne embarrassait Romain. La présence de Romane le rendait maladroit.

Il se décida :

— Appelle-moi Romain, ce sera plus simple et très bien ainsi.

— Je vais essayer, merci.

Ils se rendirent ensemble au café-restaurant de la place. Émilie se souvenait des lieux – même si le nom avait changé – mais ne reconnut personne. Peut-être cela rendit-il leur conversation plus facile.

Émilie expliqua à Romain la raison de son voyage-surprise à Besse. C'était bien Romane qui l'avait souhaité et demandé.

Il eût préféré que le souhait fût partagé…

— Je n'ai rien caché à ma fille. Depuis pas mal de temps, elle voulait te connaître, te voir, te rencontrer ! Es-tu satisfait ?

— Je la comprends fort bien. Moi aussi, je voulais connaître ma fille, cette si belle enfant, dit-il en regardant Romane. Seize ans ! Impensable que j'aie pu tenir le coup ! Je ne l'ai vue qu'une seule fois, elle avait quelques jours. J'ai les photos que tu m'as envoyées, enfin, jusqu'à l'âge de six ans. Je ne l'aurais pas reconnue.

Dans sa tête, il voulait crier son mal, sa souffrance, cette souffrance qu'il avait endurée, cette galère.

Mais, craignant de la brusquer ou de la blesser, il ajouta :

— Nous sommes là dans une situation bien embarrassante et je ne voudrais pas vous décevoir, ni l'une, ni l'autre. Je suis un peu perdu et gêné.

Après un silence qu'il maîtrisait fort mal, il lâcha :

— Il faut que tu saches ceci, Romane : j'aime toujours ta maman comme autrefois, mais pour toi et moi, qui ne nous sommes jamais vus, c'est certainement fort compliqué, je le comprends.

— C'est tellement pire pour ceux qui n'ont pas de père et n'en auront jamais, répondit Romane, tout doucement.

— Oui, c'est évident. Si tu le veux, je dis bien si tu le souhaites vraiment, toi et moi prendrons tout le temps pour faire connaissance, sans bousculer les choses, elles sont si complexes parfois.

Romane esquissa un sourire, un sourire de jeune fille mais, dans l'esprit de Romain, il n'y avait là qu'une enfant, une petite fille, la sienne, en chair et en os, celle qu'il avait tant espéré presser sur son cœur.

Les cheveux foncés, coupés court, dessinaient une ondulation harmonieuse près d'une peau juste un peu plus claire que celle de sa mère. Ses yeux clairs – héritage du père – donnaient à ce visage un regard mystérieux et romantique. Moulée dans un pull, sa poitrine pointait, haute et prometteuse.

Ils déjeunèrent tous les trois, devisèrent sur bien des sujets. Romain informa Émilie des événements vécus depuis tout ce temps passé. Romane écoutait attentivement. Elles avaient réservé une chambre à Issoire, pour deux nuits. Dans la tête de Romain, des pensées se pressèrent soudain. « Pourquoi ce retour ? »

Le visage d'Émilie monopolisait son regard, qui retrouvait tous les détails que sa mémoire avait conservés presque intacts, même cette cicatrice pas encore disparue. Le menu n'eut pas l'importance qu'il aurait méritée, même avec un boudes remarquable, tant les trois convives étaient captivés par cette réunion imprévue.

Romane parlait très peu. Son regard se posait furtivement sur cet Auvergnat, l'homme dont elle ne portait pas le nom et qui pourtant était son père.

Vers la fin du repas, elle quitta la table poliment, laissant volontairement les adultes entre eux. Son père la regarda sortir du restaurant, la suivit des yeux jusqu'à sa complète disparition au travers des portes vitrées, et ne put s'empêcher de dire :

— Tu l'as si bien réussie, Émilie, elle est belle à la perfection…

Alors commença une longue conversation sur la vie d'Émilie et de sa fille pendant ces seize années passées.

Il n'y eut aucun reproche, ni de l'un, ni de l'autre côté – à quoi bon ? –, mais des questions.

— Romane voulait te rencontrer, te connaître, Romain. Vers l'âge de six ou sept ans, elle a commencé à poser des questions : pourquoi n'avait-elle pas de papa ? Plus tard, elle a vécu une période bien difficile, et certains problèmes s'ajoutèrent à d'autres…

Romain buvait ses paroles.

— Il y a eu un rebondissement terrible dans l'enquête sur la mort de ma mère. La police a découvert l'assassin…

Grand silence.

— Un maître chanteur, impliqué aussi dans des affaires de drogue et de prostitution. Il a été condamné à la réclusion à perpétuité.

— Je comprends, Émilie, mais…

— Cet homme avait découvert le passé de ma mère. Sa conduite fut ignoble, jamais je ne l'aurais imaginé…

Émilie prit sa tête entre ses mains. Romain demeurait muet.

— Et cet homme, c'était mon ex-mari. Voilà pourquoi j'ai tant souffert.

Romain posa délicatement une main sur l'épaule d'Émilie, la réconfortant doucement, silencieusement.

Elle continua :

— J'ai subi une dépression nerveuse, puis décidé de déménager et de m'isoler de tout. D'autre part, je ne pouvais plus recevoir ton argent... Non, je ne le pouvais plus.

— Sans pouvoir imaginer ce que tu subissais alors, j'ai vécu cette période comme une rupture définitive, l'un des moments les plus pénibles de ma vie. Mais enfin, tu vois, tu as survécu... et moi de même. Et la petite ?

Émilie s'arrêta un instant, puis :

— Avec le temps, elle est devenue exigeante et a demandé pourquoi j'étais seule. Je lui ai parlé alors de toi, je lui ai dit que tu existais, quelque part.

— Qu'a-t-elle dit de ces révélations ?

— Parfois elle m'en voulait, parfois elle te maudissait de ne pas être près de nous. Alors, j'ai fixé au mur tous les agrandissements des photos de ta maison et je lui ai dit la vérité.

— Comment as-tu justifié mon absence ?

— Je ne sais plus, mais après les propos violents, il y a eu des périodes d'apaisement, et puis l'exigence reprenait le dessus et je me torturais chaque jour davantage. Ça devenait un calvaire, un enfer. Moi aussi, j'avais de plus en plus de crainte, je redoutais je ne sais quoi.

Romain, suspendu aux paroles d'Émilie, en attendait toujours d'autres.

— Elle a voulu faire ta connaissance et à partir de ce moment, tous les jours, elle disait en regardant les clichés fixés au mur : « La maison de mon père ! La maison aux clématites ! Il faut y aller, maman ! »

— Tu crois que Romane... enfin...

— Je ne t'ai pas dit qu'elle t'aimait, elle t'intègre petit à petit dans sa vie, une vie toute particulière, comme tu peux t'en douter !

— « Seule l'enfant décidera de l'avenir... » Tu vois, je n'ai rien oublié, articula Romain.

— J'ai toujours conservé précieusement ta lettre en lieu sûr. C'est l'histoire de Romane, au cas où je disparaîtrais. Je te demande pardon, Romain, ma conduite a été absurde. Il faut aussi que tu saches que quelques jours avant ta dernière visite, alors que je n'étais pas de bonne humeur, après avoir entendu les paroles de cette Justine, de Rieu d'Escabès, et appris l'atroce vérité, j'avais fouillé furieusement dans les affaires de ma mère et trouvé des lettres de mes grands-parents... J'eus confirmation que ma mère n'était pas celle que j'adorais, ce que je venais d'apprendre. Ce fut terrible pour moi, intolérable. Dans ma mémoire sont revenues des phrases que m'avait jetées Jalin à la figure, près du roncier : « Je sais qui vous êtes... » Jusque-là, je me disais qu'il savait que j'avais de la famille à Escabès, simplement. Mais, depuis cette découverte, ses propos ont pris un autre sens. Il connaissait sans doute la vérité. Alors, c'est devenu encore plus difficile pour moi. Je me suis sentie si mal d'être en vie, une vie que ne méritait de partager personne au monde ! Je culpabilisais pour d'autres...

Elle reprit son souffle :

— Si tu savais...

Romain aurait voulu lui dire qu'elle n'était aucunement responsable mais il n'osait l'interrompre. Et puis, il le lui avait déjà dit maintes fois.

— Je me sentais tellement sale que j'ai voulu mourir, Romain. Dans mon souvenir, j'ai vu défiler l'existence que j'avais vécue au côté de ma mère. Comment a-t-elle pu se dérober ainsi à son passé ? Je ne le sais pas encore. J'ai envoyé un détective enquêter dans le voisinage du village où habitaient mes grands-parents. Il fallait que je sache tout, le plus possible, au risque de m'y perdre. Lorsque cet homme m'a transmis la même histoire que la vieille Justine, la honte m'a envahie, le désespoir aussi. Seul le petit être que je portais en moi m'a sauvée. Oui, ma mère s'est prostituée pendant au moins huit années. Quant à mes grands-parents...

Émilie ne pouvait continuer.

— J'ai bien appris une partie de ce que tu me racontes, lui révéla brusquement Romain, et ça n'a pas changé mes sentiments.

— Tu savais ?

— Avant de t'envoyer la lettre.

— Mon Dieu ! Moi qui ai tout fait pour... Quel gâchis !

Elle n'osait le regarder.

Romain demeura silencieux. Il la plaignait et l'admirait davantage.

— Ta mère a tout de même repris le droit chemin, tu ne peux le nier...

— J'ai beaucoup réfléchi et sans doute, dans mes pensées, lui ai-je pardonné. Elle a dû souffrir en silence, tentant de faire en sorte que cette histoire ne puisse jamais m'éclabousser. Sa vie demeurera un mystère. Et cette mort atroce...

Elle s'interrompit, puis :

— Je crois qu'il est bien naturel de vouloir une mère exemplaire, qui se soit fait une place honorable dans la société, et c'est tout ce que j'avais.

— Que de temps perdu, n'est-ce pas ?

— J'ai voulu toute seule expier tous les péchés du monde, rongée par un état dépressif incompréhensible qui a nécessité de longs soins chez un psychologue. J'ai été trop orgueilleuse et fière, je le sais maintenant... Et puis, j'ai aussi craint que tu me rejettes ; on n'épouse pas facilement la fille d'une prostituée. Tu étais un homme honnête et respectable. Alors...

Elle marqua une nouvelle pause.

— Mais au fur et à mesure que le temps passait, je priais pour te revoir. Oui, j'ai prié pour te revoir, je me rendais compte de mon erreur ! Je me suis noyée dans le travail, presque nuit et jour. Peut-être as-tu aperçu mon nom comme scénariste de film, à la télévision ? J'ai connu un certain succès, ça me permettait de vivre. Puis, petit à petit, je me suis mise à t'aimer de nouveau... Mais sans doute ne me croiras-tu pas ? Je n'ai pas osé revenir vers toi, seule Romane avait ce pouvoir et ce droit.

— Qu'allez-vous faire, maintenant ? Je commence à vieillir, je n'intéresse plus guère personne.

Émilie ne répondit pas.

— Je ne voulais pas t'en parler, reprit Romain, mais ce que je n'ai pu vous envoyer, faute d'adresse, je l'ai placé dans l'espoir que, peut-être, un jour...

— Romain, Romain ! Nous avons à peine touché à ce que tu nous as fait parvenir. Je l'ai gardé pour Romane, sur un livret d'épargne. Elle sait ce que tu as fait pour elle.

Émilie posa les deux mains sur celles de Romain.

— Ne t'inquiète pas, Romain...

Il tendit alors la main vers sa joue, qu'il caressa doucement.

— Le roncier n'existe plus, une construction le remplace. Il n'y a plus d'épines à Besse, en tout cas de ce côté-là...

Elle baissa les yeux.

Après un moment d'hésitation, Romain régla l'addition et tous deux sortirent. Émilie essayait en vain de cacher son émotion et de sécher les larmes qui la trahiraient face à sa fille.

— Besse me procure toujours la même impression, avec ses maisons de pierres grises ou bleutées aux toitures d'ardoises. J'ai remarqué les nouveaux aménagements des rues et des principaux carrefours, avec le rond-point en pierres si original, le pavage de certaines rues et places.

Romane revenait vers eux.

— L'eau de la fontaine est si froide !

— Ne me dis pas que tu aimes l'eau comme ta mère ?

— Maman ne passe jamais près d'une fontaine sans y plonger le bout de ses doigts, c'est vrai !

Elle aurait voulu être « Émilie, la fille des eaux vives » depuis son voyage en Auvergne… Elle me l'a souvent dit, n'est-ce pas maman, ajouta la jeune fille en se tournant vers sa mère.

Puis, tout sourire :

— Je souhaiterais visiter la maison de la reine Margot, maman m'a raconté… Et aussi voir le lac Pavin et le mont Gerbier-de-Jonc avant de repartir.

— Tout ça semble bien naturel ! jugea Romain.

— Je crois qu'on se ressemble, dit Émilie, mais elle est beaucoup moins compliquée que moi…

— Et j'aurais aimé découvrir Vulcania, le centre du volcanisme, même si le chantier n'en est qu'à ses débuts… Mais ce sera peut-être trop juste, vu le peu de temps dont nous disposons.

— Tu veux tout voir en deux jours, ma chérie, ce n'est pas possible, un choix s'impose.

Romain intervint :

— Allons voir la maison de la reine Margot et le Pavin cet après-midi. Demain, je t'accompagnerai en Ardèche. Puis il ajouta :

— Si vous voulez bien de moi…

— Bien entendu, dit Romane, surprise et attristée de la question.

— Romain, donne-moi des nouvelles d'Alfred, veux-tu ?

Il l'informa des événements survenus chez son ami, en précisant qu'il n'osait plus lui parler d'elle depuis longtemps.

— J'aimerais le revoir, crois-tu cela possible ?

— Allons lui faire la surprise. Je ne sais pas s'il me pardonnera…

Quel étonnement pour Alfred Goutteviau, qui s'insurgea tout d'abord des cachotteries de Romain.

— Si j'avais su, je me serais mis propre, je ne suis même pas rasé. Mais je suis si heureux de vous revoir ! dit-il en lui ouvrant les bras.

— Je te présente ma fille, dit Romain. Elle s'appelle Romane.

Alfred, tout surpris, ne savait que dire ni que faire, face à cette adolescente qui le regardait, presque inquiète. Puis il déclara, tout emprunté :

— Alors, comme ça, vous êtes là... J'avoue que je n'y comprends pas grand-chose, tu m'expliqueras, Romain ? C'est ma pauvre mère qui aurait été contente de vous voir, elle vous aimait bien, mais...

Romain ajouta :

— Je n'attendais personne, Alfred, voilà la vérité.

— Je ne te crois pas, ce n'est pas possible, une chose pareille !

Émilie acquiesçait.

Ils parlèrent encore un moment et, quand Romain déclara que sa fille voulait visiter le lac Pavin, Alfred abrégea l'entrevue, s'abstenant des questions qui lui brûlaient les lèvres.

Le coffre de la voiture contenait des chaussures de sport, ce qui permit aux Parisiennes d'entreprendre le tour du lac avec Romain.

Dès leur arrivée, Émilie remarqua d'importants travaux en cours de réalisation. Le restaurant aurait bientôt pour voisin un hall d'accueil pour les touristes. On avait creusé et décaissé un emplacement dans la colline attenante. Le parking avait été agrandi et une balustrade de protection installée. Les lieux perdaient peut-être un peu de leur beauté naturelle, mais ils gagnaient en sécurité.

— La végétation est en retard, les hêtres n'ont pas endossé leur parure, ni les taillis, d'ailleurs. Nous ne sommes qu'au début du printemps, et en altitude.

— L'eau est toujours la même, dit Émilie.

Puis, s'adressant à sa fille :

— Qu'en penses-tu, Romane ?

La réponse arriva avec précision :

— Beau et mystérieux en même temps !

— Pourquoi mystérieux ?

— Je ne saurais l'expliquer.

— Je lui ai tout raconté sur ce pays, tout ce que je savais, reprit Émilie. J'avais noté tant de détails sur mon carnet bleu... Et je l'ai toujours !

Surpris de ces propos, Romain ne sut que répondre. Elle ajouta cependant :

— Avec mes scénarios, je finis par tout mélanger, parfois.

Mais Romain, la tête ailleurs, observait sa fille, se demandant comment elle percevait sa présence et si elle l'acceptait.

Le lendemain, la Clio emporta ses trois passagers en Ardèche. Romain se sentait intimidé. Plus les heures s'écoulaient, plus il devinait qu'il se passait quelque chose qui le submergeait.

Romane n'était guère plus volubile que la veille, mais son regard se posait sur chaque apparition des reliefs, dont elle semblait apprécier les formes, les couleurs, l'originalité. Les bourgs, villages et agglomérations, la ville du Puy-en-Velay elle-même furent dépassés sans qu'elle prononçât un seul commentaire. Émilie songeait peut-être, se souvenant de quelque endroit visité longtemps auparavant.

Ils arrivèrent près du domaine de Bonnefoy. Tout au long du trajet, dans les forêts, les bois et les bosquets à proximité de la route, ils apercevaient les blessures encore récentes de décembre 1999.

— Cette tempête a causé des dégâts considérables dans tout le pays, dit enfin Romane.

— C'est vrai. De plus, ici, les hommes avaient entrepris depuis longtemps d'implanter une forêt à la place des landes. N'est-ce pas, Romain ?

— Oui, et vous voyez là des zones entièrement renouvelées depuis peu, plantées de jeunes arbres plus résistants au dandroctone, qui semblent enfin s'accoutumer à notre sol. Un travail de fond fantastique !

— Il n'y a pas que pour les arbres que c'est difficile, parfois..., dit Émilie.

Puis :

— Tu ne sais toujours rien sur la maison forestière des Princes [1] ?

Romain fit non de la tête en souriant :

1. Cette jolie bâtisse est une maison dite « forestière » appartenant à l'Office national des forêts. Elle se situe dans la forêt des Princes.

— Plus de photos, Émilie ? Je suis surpris de te voir sans appareil.

— Je pratique moins qu'autrefois. Je travaille presque uniquement sur des scénarios, désormais. Et, aujourd'hui, il y a plus important. J'ai toujours conservé mon carnet bleu, tu sais...

Le mont Gerbier-de-Jonc n'avait pas changé. Le filet d'eau claire et froide qui jaillissait de ses flancs côté sud – la Loire – désaltéra Émilie et Romane. Romain était pensif.

Ils déjeunèrent sur place en conversant sur mille sujets. Ensuite, Romane escalada seule une partie du dôme du Gerbier-de-Jonc. Respirant à pleins poumons, elle recevait le vent en plein visage ou présentait ses joues au ciel, comme on quête une caresse.

Romain et Émilie l'observaient de leurs regards bienveillants.

Sur le chemin du retour, la jeune fille s'exclama :

— Tu avais raison, maman, c'est splendide !

Simultanément, elle adressait un sourire à Romain Departout.

Puis, Émilie dut préciser que leur retour à Paris était prévu pour le lendemain matin.

Romain voyait-il Émilie et Romane pour la dernière fois ? Il attendait des mots qui ne venaient pas, des paroles qui lui auraient dit ce qu'il adviendrait après cette visite-éclair.

Depuis la veille, depuis qu'il avait revu Émilie, il savait qu'il l'aimait toujours. La réciprocité existait-elle ?

Quant à Romane, il l'aimait parce que c'était sa fille, mais ils ne se connaissaient pas – peut-être lui faisait-il horreur. Imaginez un père qui vous arrive avec les cheveux blancs... Comment une jeune fille de seize ans pouvait-elle réagir en ce cas ?

Soudain, Romane regarda son père et lui demanda timidement :

— J'aimerais qu'un jour vous me racontiez la légende de cette reine de France dont on parle beaucoup à Besse. Je suis passionnée d'Histoire.

Romain, stupéfait, acquiesça de la tête et ajouta simplement :

— Oui, bien sûr.

Enfin vinrent les au revoir.

— Vous m'avez apporté un rayon de soleil, toutes les deux, et je voudrais vous dire... Mais je ne parviens pas à trouver les mots, pardonnez-moi.

— Ton téléphone fonctionne toujours ? demanda Émilie.

— Oui, répondit-il comme soulagé.

— Nous te donnerons des nouvelles dès notre arrivée.

Romain se rappela soudain :

— Et ton chiot, Romane ?

— Je n'osais pas vous le demander...

— Allons, quand je promets, je tiens parole !

Il alla chercher le chien, le lui présenta. Leurs mains se frôlèrent et leurs deux regards clairs se rencontrèrent d'une manière surprenante, douce.

Puis, Romane baisa les deux joues de son père, presque affectueusement, avec juste ces mots : « Au revoir. »

Émilie, très émue, s'approcha tout près de lui et ils s'embrassèrent, avec un effleurement des lèvres pour le dernier baiser.

Sans voix, Romain regardait la voiture s'éloigner. Il vit peut-être un geste de la main ou alors il l'imagina, tant les larmes lui troublaient la vue.

« Dire que j'ai brûlé sa statue... Jamais je ne pourrais le lui avouer, tant je l'aime encore... »

15

Enfin l'embellie !

Poussé par le besoin de lui parler, Romain se rendit le lendemain chez son ami Alfred.

Alfred ne disait rien, comme cramponné à son fauteuil, vexé d'avoir été pendant si longtemps mis à l'écart de la vie de son ami. Puis, après quelques moments d'embarras :

— Tu as peut-être une chose à me dire ?

— Je suis certain que tu attendais ma visite, Alfred.

— Oui, je me languissais, pour tout dire, répondit-il en se modérant. Ça ne nous empêche pas de prendre quelque chose, tu veux bien ? Tiens, attrape la bouteille de gentiane, je te laisse faire le service.

Romain servit deux verres, copieusement. Alfred rongeait son frein.

— Si je ne t'ai pas informé de tout ça, Alfred, c'est que, vois-tu, je n'ai rien réussi avec les femmes et tu le sais bien… Souviens-toi de Nicole, que j'ai attendue si longtemps et pour rien. J'avais cette honte qu'on a, nous les hommes peu dégourdis à trouver une femme, alors j'attendais toujours de pouvoir t'annoncer une chose intéressante. Mais comme rien ne s'était produit jusqu'à ce jour, je ne t'ai rien dit. À croire que je ne connaîtrais jamais que des avanies sentimentales.

— Tu as une petite superbe ! fit Alfred en retenant sa voix.

Avec une joie immense dans les yeux, Romain approuva :

— C'est vrai qu'elle est belle, comme sa mère devait l'être à son âge. Elle a seize ans, tu imagines ? Seize ans !

— Tu pourrais me rappeler son prénom ?

— Romane, elle s'appelle Romane, qu'en penses-tu ?

— Romain, Romane... Il n'y a plus de mystère ! Alors, dis-moi la suite, que s'est-il passé ?

— Depuis sa naissance, tous les ans, vers la date de son anniversaire, je reçois une photo de la petite. Cette année, Émilie me l'a amenée en personne. C'est Romane qui voulait me connaître, paraît-il.

Alfred secoua la tête, manifestant son incompréhension. Il parlait très fort.

— C'est une histoire de fou ! Tu as un enfant de seize ans et, depuis tout ce temps, tu as gardé le silence ! Tu n'es pas normal, mon pauvre ami, non, tu n'es pas normal !

— Eh bien oui, peut-être... Mais vois-tu, je ne savais que te dire de plus. Ça m'a fichu un sacré coup de la rencontrer pour de vrai. Au fond de moi, je l'espérais bien un jour, avant de mourir.

Il se servit un autre apéritif.

— Doucement, Romain, on ne va tout de même pas se « pinter » aujourd'hui.

— Je suis un pauvre type, Alfred ! Cette petite a seize ans et le seul cadeau que je lui aurai fait, c'est le chiot de Mouchette...

— Effectivement, c'est un peu juste. Mais que te passe-t-il donc par la tête ? Tu avais promis de tout donner à Émilie, un jour, si je me souviens bien.

— Celle-là, Alfred, je l'ai toujours là ! affirma Romain en plaçant la main sur sa poitrine. Pourtant, ça ne fait pas tout, non, ça ne fait pas tout ! La vie, ça se construit à deux...

Il croisa les bras sur la table, laissa aller sa tête. Ses yeux se mouillèrent. Alfred, compatissant, le regardait.

— J'aurais pu lui dire tant de choses, à cette petite, lui poser des questions... J'avais tellement peur de l'effrayer, peux-tu comprendre cela ?

— Écoute, Romain, j'essaie de me mettre à ta place, mais c'est bien difficile. Moi, je n'aurais pas pu supporter ce que tu as vécu. Non, je ne l'aurais pas supporté !

— Je me demande si je dois vivre encore, Alfred, verse-moi encore un verre.

— Calme-toi, Romain... Allons, ne joue pas les mauviettes ! Nous sommes de vieux bonshommes, maintenant, c'est bien fini, le temps des chagrins d'amour.

— J'aime encore Émilie, j'en suis sûr. Et cette petite, enfin, Romane, il me semble que...

Il ne put terminer la phrase.

Alfred approcha son fauteuil roulant de Romain et lui tapota amicalement l'épaule :

— Mon pauvre, je te plains, oui, je compatis sincèrement. Mais je suis heureux que cette belle enfant soit la tienne, ça oui ! Tu peux t'en réjouir, va !

Romain leva la tête et répondit :

— Elle se passionne pour l'Histoire, elle m'a parlé de la reine Margot, comme si sa mère...

Alfred Goutteviau avait compris que la plaie intérieure de son ami s'était rouverte. Et le fond du tonneau, si faible soit-il, n'avait pas tourné au vinaigre ! Près de deux heures passèrent avant que Romain Departout ne rejoignît sa maison. Une nuit de repos serait la bienvenue. Mais allait-il trouver le bon sommeil ?

« Nous te téléphonerons », lui avait promis Émilie. Sa seule certitude résidait en ces mots.

Les clématites commençaient à donner de belles corolles. Romain s'occupait au jardin. Il savait maintenant Émilie et Romane bien rentrées à Paris. Il était rassuré ! Il commençait à entrevoir de meilleurs lendemains, des jours qu'il ne vivrait pas coupé du monde.

Dans la salle à manger, la dernière photo de Romane, pour la première fois disposée sur le buffet. Mouchette, elle, s'ennuyait de son chiot.

— Ton petit est parti chez ma fille. Oui, chez ma fille ! Alors, ne te fais pas de mauvais sang, elle est toujours dans la famille, en somme. Et puis, tu en auras d'autres, toi...

Sa voix tremblait.

Émilie et Romain s'appelaient souvent depuis la visite-surprise, comme au début de leur rencontre.

Émilie ressassait encore le passé. Sa mère, raconta-t-elle, avait repris une vie normale – si l'on peut dire – lorsque elle-même eut huit ans. Ses économies lui permirent de prendre le risque de réapprendre à vivre. Elle changea radicalement de milieu professionnel en revenant vers la couture, et vit même ses efforts récompensés par des responsabilités importantes. Elle avait assuré une vie normale à Émilie, qu'elle avait choyée mais à qui elle avait dissimulé ses secrets. Plus tard, Reine s'était remariée avec un homme du Nord, qui ignorait pour ainsi dire l'existence de l'Auvergne. Voilà la vérité, aussi cruelle que surprenante. Rien d'autre, désormais, n'y changerait quoi que ce soit.

Deux jours après Pâques, Romain reçut une lettre en provenance de Paris. Lorsqu'il prit connaissance de l'expéditeur, son cœur battit un peu plus fort : Romane Martenet !

Il regarda la lettre, la respira profondément et s'installa dans son fauteuil. La lame de son couteau coupa le papier, centimètre par centimètre, précautionneusement. Il écarta les bords de l'enveloppe et retira le contenu, deux feuillets de papier pastel, de couleur rose. Moment délicat chez le fébrile sexagénaire.

Mouchette s'installa à son côté, comme pour lui dire « Je suis là ». Il lut ces mots :

« Paris, le 24 avril 2000

Romain, cher Romain, papa.

Je vous écris ma première lettre avec beaucoup d'émotion.

Depuis notre voyage en Auvergne, j'étais impatiente de le faire, mais je ne savais pas comment m'y prendre. Tout d'abord, maman va bien, très bien même, depuis notre visite chez vous.

Je voudrais vous dire le plus difficile, maintenant. Je n'ai que seize ans mais je sais que vous et maman, vous vous aimez encore. Les années passent et je voudrais savoir maman vraiment heureuse un jour.

Puisque cela dépend de moi, je vous demande donc de ne plus attendre pour vivre ensemble. Vous êtes merveilleux tous les deux, alors pourquoi perdre encore du temps ?

Quant à moi, je suis timide et je n'ai pas été bavarde lors de notre rencontre. Je vous connaissais déjà, grâce aux photos de ma mère, et suis heureuse que vous soyez mon père, je voulais vous le dire. J'aurais aimé que vous me preniez dans vos bras, j'attends cela depuis si longtemps, des bras de père qui vous serrent...

Je ne sais pas si je vous aime, mais je vous ai observé longuement. Je connais votre léger déhanchement sur la droite, votre façon de marcher, de poser la main sur la poignée de la porte ou de la tendre vers Mouchette, votre manière de fixer le regard sur les choses. J'ai vu vos yeux clairs s'illuminer parfois, vos sourcils épais, le droit qui paraît un peu plus haut... Quant à votre sourire, je n'aimerais pas que vous en changiez, surtout lorsque vous regardez maman... »

Romain ne put continuer, tant les larmes baignaient ses yeux à la lecture de ces lignes. Il n'y voyait plus et devenait bien maladroit. Le revers de sa manche n'y suffisant plus, il dut sortir de sa poche son mouchoir à carreaux.

Mouchette, qui le regardait, semblait comprendre et lui posa une patte sur les genoux.

— Tu ne vas pas t'y mettre, toi aussi, lui lança-t-il en lui adressant une caresse chaleureuse.

Puis il poursuivit tant bien que mal :

« Si maman portait votre nom, j'en serais la plus heureuse. Si un jour vous me donniez le vôtre, je deviendrais la petite Departout, et j'essaierais toute ma vie d'en être digne.

Pour le bonheur de tous, je suis prête à venir habiter en Auvergne, dans cette région qui m'a conquise, dans la maison de mon père.

Je suis lycéenne, en première, et je vais passer les épreuves de français, le bac blanc.

Peut-être me trouverez-vous un lycée proche pour mes études ? Clermont-Ferrand ne se situe pas si loin et l'on dit beaucoup de bien de ses facs.

Mon rêve est de devenir écrivain, ce n'est pas très original, mais j'espère que vous me soutiendrez dans cette voie. J'ai vu la tête du puissant loup qui surmonte la tour du Beffroi, j'ai hâte de mieux connaître l'histoire du pays de Besse et de la maison de la reine Margot !

Vous savez tout, maintenant... Ah ! J'allais oublier. Mon chien s'appelle Cad, Cad comme « cadeau », c'est le premier que j'aie reçu de vous.

Voilà ce que je voulais vous dire, cher Romain, papa.

Je vous embrasse,
Romane. »

Romain lut et relut chaque ligne, chaque terme, de crainte d'aller trop vite, d'en oublier. Il apprit cette lettre presque par cœur.

Il décida d'y répondre.

Devant la page blanche, les phrases devenaient difficiles à construire. Après avoir dit à Romane combien il était heureux depuis sa venue, il fut à court de mots. Alors lui vint cette idée : il lui raconterait l'histoire de cette reine exilée en Auvergne, et sa visite à Besse. Tout ce qu'il savait – et plus encore – s'étala en quelques pages. En terminant, assez fier de lui, il songea : « Voilà peut-être quelque chose qui lui servira dans son futur métier d'écrivain ! »

Il se remémorait la lettre envoyée à Émilie, presque seize ans plus tôt, et les mots employés : « Tout de suite... comme tu es... avec le petit... N'aie crainte de ce qu'on peut en dire, j'ai les moyens de vous permettre de vivre tous les deux... »

Romain téléphona à son ami :

— Viens à la maison, Alfred, je t'attends. Il y a tant de choses qui m'arrivent, j'ai besoin de toi à mes côtés, aujourd'hui...

Le temps lui donnait raison de sa folle espérance. Et, lorsque le bonheur l'envahissait, il aimait toujours le partager avec son ami. Rien ne changeait en amitié.

Ce printemps 2000 s'annonçait différent des autres. Comment pouvait-il en être autrement, après les nouvelles de Paris, qui avaient fortement gonflé la facture du téléphone. Oui, tout allait changer dans la vie de Romain et d'Émilie !

Mère et fille allaient enfin arriver, prendre la place qui les attendait ! Pourvu que rien ne vienne modifier leur décision...

Romane connaissait – on ne sait comment – tous les détails des festivités de Besse : festival de musique, expos, randonnées, sans oublier tout ce qui concernait le Festival de l'eau du Massif central, en juillet. Le plus surprenant était qu'elle sût que la ville de Besse ressuscitait, les 7 et 8 octobre, une vieille tradition paysanne : la Bavajade, qui voulait que la fin des grands travaux d'été fût saluée par un repas de fête, avec du coq comme plat principal. Au programme de ce jour faste : musique traditionnelle et gastronomie.

Pour Romain, les préoccupations se présentaient différemment. La perspective d'accueillir femme et enfant dans sa maison lui causait du souci. « Seraient-elles suffisamment bien, ici ? Romane aurait son indépendance, dans le studio enfin occupé, Émilie partagerait avec lui le reste de l'habitation. Qu'envisager de plus ? » Et pourtant... La pensée de vivre avec Émilie après toutes ces années d'attente le tourmentait.

Bien entendu, la fête du feu, autour du cantou, aurait désormais chaque hiver une autre allure. C'est vrai, la maison aux clématites méritait un peu de bonheur, il était grand temps ! Émilie deviendrait Mme Detoutlieu et Romane « la petite Departout », comme le lui rabâchait Alfred.

— Tu peux te remettre à l'accordéon, voilà l'occasion de lui faire prendre l'air, à ton piano à bretelles !

Alfred n'avait pas joué depuis longtemps, précisément depuis la disparition de sa mère.

— Tu as raison, c'est le moment ou jamais. Qu'est-ce qu'elle aimait déjà, Émilie ? T'en souviens-tu ?

Romain souriait, il savait qu'Alfred n'avait pas oublié.

— Et pour la petite, que puis-je apprendre ? Je ne vais pas lui interpréter que des bourrées auvergnates ? Je ne veux pas paraître ringard !

— Entraîne-toi sur les succès du hit-parade, ce sera nouveau.

— Comment ? Tu connais les chansons du hit-parade, toi ?

— Depuis quelques jours, je regarde davantage la télévision. J'ai une fille de seize ans, je m'informe. N'oublie pas que nous avons été tous les deux musiciens ! Je sais aussi que tu seras mon témoin pour le mariage. Ça oui !

— C'est parce que tu es mon ami que tu as toujours raison, que ferais-je sans toi ?

« Et pourtant, pourtant, je n'aime que toi, et pourtant, pourtant, je n'aime que toi ! »

chantonnait Romain, métamorphosé, se prenant pour Aznavour !

« Il est fou, c'est toujours comme ça quand il est heureux ! », songea Alfred.

Dans la tête du paraplégique, tant de renonciation à une vie normale s'était parfois accompagnée d'un peu de jalousie. Il s'autorisait à l'avouer, face à son ami :

— La vie n'est pas juste ! Regarde ce que je suis, et pourtant je dois vivre. Souvent, je t'envie, et parfois je me dis même qu'Émilie a raison de te faire souffrir. Ça me permet de mieux accepter mon sort !

Alfred jurait en haussant la voix. Alors Romain, compatissant, lui tapotait amicalement l'épaule :

— Vas-y, défoule-toi, jamais je ne me fâcherai avec toi !

Alfred se calmait, les nuages se dissipaient et ils trinquaient ensemble à leur amitié, les yeux parfois embués.

Subitement, Romain songea à la famille Brunel. « Mme Brunel était-elle toujours en vie ? Un miracle n'arrive jamais seul ! » Clémence Brunel avait été la seule à aimer Reine Martenet et à attendre son retour. Serait-elle heureuse de savoir qu'elle avait une fille et une petite-fille qui revenaient au pays ? Même s'il n'y avait qu'une infime chance, il fallait la tenter.

Le téléphone de la vieille Justine ne figurait plus sur l'annuaire des Postes...

Romain Departout entreprit de retrouver d'une autre manière la trace de Clémence Brunel. Ses recherches aboutirent enfin et certifièrent qu'une dénommée Clémence Brunel était pensionnaire d'un établissement baptisé « Les Jours Heureux », près d'Issoire. Romain s'entretint avec la directrice de cette maison de retraite, et rendez-vous fut pris pour rencontrer la doyenne des pensionnaires, Mme Brunel, qui allait fièrement vers ses cent ans. Son seul handicap était sa surdité bien avancée, si on voulait bien oublier ses pertes de mémoire passagères.

Lorsque Romain Departout eut Clémence Brunel face à lui, il connut un instant de remords. « De quoi me suis-je mêlé ? », se dit-il. Il était trop tard pour faire marche arrière.

La conversation perdit de sa discrétion car Romain dut élever la voix. Mais il s'aperçut rapidement que l'interlocutrice avait toute sa raison et parfois des souvenirs intacts. Dès qu'elle entendit le nom de Reine Martenet, elle ouvrit grand les yeux.

— Avez-vous de ses nouvelles ? Est-ce possible ?

— Nous avons retrouvé sa trace et sa famille, enfin, sa fille et sa petite-fille.

— Sa fille, grands dieux, elle a donc pu élever sa fille ? Mon mari et moi aurions tant voulu la retrouver. Où est-elle donc ? L'avez-vous rencontrée ?

— Hélas, Reine est décédée il y a bien longtemps, mais sa fille et sa petite-fille reviennent dans la région prochainement. Vous êtes la seule parente qu'elles aient au monde.

— C'est extraordinaire, cette nouvelle ! Me recherchent-elles ? Mais vous, qui êtes-vous, monsieur ?

— Je suis un ami et elles ne savent pas que vous êtes là... C'est moi-même qui ai entrepris d'aller vous voir, elles ignorent encore notre rencontre.

Mme Brunel semblait de plus en plus perplexe.

— La vie est étrange. Mon mari a acheté son exploitation à son beau-frère davantage pour lui faire plaisir que par nécessité. J'ai été très malheureuse de cette sombre histoire, je m'en souviens encore maintenant. J'aimais beaucoup Reine, elle était si agréable et si travailleuse. Je n'ai jamais pu croire à tout ce qui s'est raconté sur elle. Lorsque j'ai perdu mes fils, j'ai fait un rapprochement, je veux dire sur la perte des enfants...

La vieille dame laissait courir de longs moments de silence. La présence de Romain et surtout ses révélations la surprenaient si intensément que ses mains trahissaient son trouble.

— Nous aurions pu être si heureux, tous ensemble, les deux familles et tous nos enfants... Avec mon mari, nous nous sommes retrouvés si seuls, un jour... Et vous m'annoncez aujourd'hui que Reine a une fille qui a aussi une fille ! Mais quel âge a cette petite ?

— Seize ans, madame Brunel, seize ans !

— Mon Dieu, quelle surprise vous me faites ! Il me semble qu'il y a un fil de plus à ma vie, à notre famille que je croyais éteinte. C'est du bonheur, monsieur, que vous m'apportez là. J'aimerais les rencontrer, nous avons tant de biens qui vont se perdre, il était temps ! Une petite de seize ans, mais c'est un don du ciel !

Elle ne savait pas à quel point Romain comprenait ces tout derniers mots...

— Comment s'appelle-t-elle ?

— Romane Martenet.

— Ah ! C'est le nom de Reine, c'est bizarre. Pensez-vous qu'elle veuille me voir, cette petite Romane ? Je suis une vieille, maintenant, mon Dieu que je suis vieille, ajouta-t-elle en pleurant. Il y a bien longtemps que je n'ai pas pleuré pour une nouvelle comme ça. J'espère que je la verrai avant de mourir !

— Oui, vous la verrez, gardez cet espoir, madame Brunel, gardez cet espoir...

« Pourquoi ne me suis-je pas intéressé à cette famille plus tôt ? C'est insensé, pensait Romain. Ma pauvre tête... Il a raison, mon ami Alfred, ça n'a pas toujours bien fonctionné dans ma cervelle. »

Tandis qu'il revenait, l'esprit plein de regrets, au bord du chemin, l'eau de la couze continuait de rouler sur le sable, caressant les cailloux, les polissant à l'infini, insouciante, ayant perdu la mémoire du moulin disparu.

Rentré chez lui, la porte poussée, il n'eut qu'une impatience : téléphoner de suite à Émilie, l'informer.

Les landes des monts d'Auvergne demeuraient imperturbables dans la saison d'été, dont le plein ensoleillement tardait à venir. Au Pavin, tout semblait calme et le lac jouait avec quelque souffle invisible. À l'est et un peu plus au sud, au mont Gerbier-de-Jonc, la toute petite Loire éclaboussait de sa jeunesse le début d'un voyage qui, plus tard, deviendrait grandiose.

Dans le cœur de Romain, un grand remue-ménage ! Une nouvelle vie se présentait enfin. Aurait-il la dextérité, la force pour l'affronter ? Saurait-il donner encore de l'amour à Émilie ? Il avait tant attendu... Mais il se confortait : « De l'amour et de la tendresse, j'en ai suffisamment pour en donner jusqu'à cent ans ! »

Convaincus par Romane et par leur amour toujours vivant, Émilie et Romain allaient tenter de vivre ensemble. Ces adultes en avaient bien perdu, du temps...

Émilie et Romane arrivèrent le premier dimanche de juillet à Besse. Quel branle-bas !

Romane embrassa son père et ses premiers mots furent :

— Je suis si heureuse d'être enfin dans la maison de mon père ! La maison aux clématites ! J'ai tant attendu ce moment.

Il aurait voulu lui dire : « Ce sera la tienne, désormais », mais trop d'émotion lui nouait la gorge.

Romain la prit dans ses bras et la serra peut-être un peu fort. Il ne pouvait retenir ses larmes, qu'il essuya d'un revers de manche maladroit. Maladresse bien belle à voir...

Les yeux de Romane dévoraient d'un plaisir immense tout ce qui se présentait à eux, savourant à plein regard comme un enfant découvre un sapin de Noël illuminé.

La petite maison de pierres grises, entourée de clématites en fleurs, venait d'ouvrir sa porte pour un enchantement.

L'année 2000 ? Elle fut exceptionnelle et la première d'une époque bénie, celle d'une famille réunie, consolidée. Lequel de tous ses membres en était le plus heureux ?

Qu'importe ! Il y avait tant de retard à combler ! Lorsque la joie arrive *de partout*, le temps des questions devient alors inutile... Une nouvelle vie se présentait. Romain laissait toute liberté à Émilie pour qu'elle fût heureuse, et petit à petit – un vase de fleurs par-ci, un meuble déplacé par-là, de nouveaux rideaux aux fenêtres –, le bonheur se construisait, en douceur.

Si Romane s'impatientait de rencontrer Clémence Brunel, Émilie montrait moins d'empressement.

— Tout ça, c'est du passé, que veux-tu découvrir encore ? Tu devrais laisser cette vieille femme tranquille !

— C'est le seul lien vivant avec ta famille, intervint Romane, il faut la rencontrer, maman, même si... Et puis je veux la voir, ça ne s'explique pas !

— Quel caractère ! ajouta sa mère en esquissant un léger sourire.

— Peut-être celui de mon père..., osa-t-elle.

Depuis son arrivée à Besse, Romane, toujours prévenante à l'égard de son père, lui accordait beaucoup d'attention. Elle avait un papa désormais, ce père tant attendu, tant souhaité, tant prié. Certes, il n'était pas jeune, mais il lui « convenait » au-delà de ses espérances. Elle l'observait à son insu, aimait son allure, son visage, son regard, ses mains. « C'est mon père, se disait-elle. J'aimerais que mes amies de Paris le rencontrent, je leur en ai si souvent parlé ! » Quand son regard se posait sur elle, plein d'aménité, c'était comme une douce chaleur qui l'envahissait. « Comment ai-je pu vivre sans lui... Pourquoi ma mère m'en a-t-elle privée ? »

Les jours passaient et l'inscription au lycée dut se faire rapidement. Elle découvrit Clermont-Ferrand, ville qui s'emplissait d'élèves et d'étudiants à chaque rentrée scolaire.

— Voici le fameux Vercingétorix ! Gloire à toi ! s'exclama-t-elle dans la voiture, d'où elle l'apercevait.

— Toi au moins, tu es directe, lui dit Romain.

— J'aime être partie prenante de l'Histoire et celle-ci, même lointaine, m'appartient un peu.

— Toi qui es si réservée d'habitude, je ne te reconnais plus, ma fille !

— Je me sens si bien ici... Je serais morte à Paris.

Romain souriait à Émilie, heureux que sa fille prononçât de telles paroles.

Romane ne ratait jamais une occasion de clamer sa joie d'être une nouvelle Bessarde.

— Tu étais donc si mal à Paris ? lui lança sa mère, agacée.

— Ici, c'est autre chose. Regarde autour de toi, ouvre tes yeux, respire cet air, ne trouves-tu pas que c'est agréable ? Et notre maison ? J'ai tout ce qu'il me faut...

Puis, elle s'arrêta brusquement :

— Pardonne-moi, maman, tu as tant fait pour moi.

Émilie voyait sa fille se métamorphoser de jour en jour. Elle avait rencontré des jeunes de son âge, elle riait, elle chantait. Romain ne disait rien, il préférait voir s'installer cette éblouissante vie autour de lui, au risque de quelque bousculade !

Cette journée d'août avait été ardente et la chaleur emmagasinée par la terre, qui la restituait, donnait à la soirée une saveur de paradis. Installés tous trois sur des chaises longues, ils bavardaient. Les deux chiens leur tenaient compagnie, Cad s'agitant sans cesse, comme un chiot qu'il était.

— Romain, questionna subitement Émilie, quand régularisons-nous la situation ? Je ne veux pas vivre ainsi éternellement.

Romane regarda sa mère, puis son père, avec ce sourire si beau, à la fois charmeur et plein de confiance. Romain jouait à celui qui n'avait rien entendu.

— Monsieur Detoutlieu, dit Departout, quand nous marions-nous ? répétait-elle, insistante.

— Au XIIIe siècle, les Bessards ont acheté leur charte de liberté... Serais-tu prête à perdre la tienne ?

— Nous ne sommes plus au Moyen Âge. Je réitère ma demande, monsieur Departout, et cela pour la dernière fois.

— Quand ma fille le voudra, si elle le veut toujours.

L'eau du verre d'Émilie éclaboussa le visage de Romain, tant et si bien qu'il faillit tomber de sa chaise.

— On dirait que je ne compte plus ici, c'est exaspérant ! dit-elle en feignant des sanglots.

Romane se leva, embrassa son père, sa mère, puis emmena les chiens en lançant à la cantonade, dans un éclat de rire :

— Laissons-les tranquilles, ils ont besoin d'intimité.

Romain était aux anges !

— Tu ne peux pas savoir combien je suis heureux d'avoir Romane, alors, tu peux me demander ce que tu veux.

Ils décidèrent de la date de leur mariage. Alfred, qui venait souvent déjeuner avec eux, était un témoin tout désigné.

Un jour, il se présenta chez Romain avec, sous le bras, un petit paquet enveloppé de papier de couleur. Il l'offrit à Romane, non sans laisser paraître une émotion.

— J'ai appris par ton père ta passion pour l'histoire du pays. Bien que je ne sois pas historien, je possède, écrit sur ces pages, un récit que m'a transmis mon grand-père, celui d'un événement, une visite que fit une reine à Besse. Oh ! je pense qu'on te l'a raconté, mais voilà bien des années que je peaufine ce récit et je saisis cette occasion de te l'offrir. Ainsi, il survivra à ma disparition, et peut-être t'inspirera-t-il pour l'un de tes prochains romans !

Romane embrassa vivement Alfred, avec une joie emplie de reconnaissance.

— Mille fois merci, je n'oublierai jamais.

Émilie et Romain regardaient la scène, tout heureux.

— Sais-tu, Romane, lui dit son père, que je n'ai jamais vu ce cahier de ma vie ! Tu es une privilégiée.

— Je crois que ton père est jaloux ! reprit Alfred en riant de bon cœur.

Romane détenait désormais le secret de l'ancêtre des Goutteviau, un vrai trésor pour cette future auteure. Et soudain Émilie, comme par enchantement, retrouva au fond de sa mémoire une promesse de Romain.

— Ne m'avais-tu pas annoncé des révélations sur le destin étrange d'une reine en Auvergne ? T'en souviens-tu ?

— C'était à condition que tu reviennes, et tu es là. Je te dois donc ce que la légende a colporté de siècle en siècle.

— Moi je sais, s'interposa Romane. Papa m'a tout raconté par courrier, un courrier secret entre nous !

Le soir même, dans la tiédeur nocturne d'un août généreux, après que sa fille eut lu le cahier d'Alfred, il déroula toute l'histoire devant les deux femmes, soufflant sur les braises de la légende, qui ne demandaient qu'à s'enflammer...

Romane s'enthousiasmait à l'écoute de son père. Elle mangeait ses paroles.

— J'aimerais visiter ces lieux, le cimetière, l'église...

— L'ancienne église de Sallèdes, dite de Saint-Martin, trop petite, a été détruite vers 1860 pour être remplacée par une autre, plus spacieuse. Le vieux cimetière qui l'entourait n'est plus qu'une terre à l'abandon, envahie de ronces, d'arbres et de fourrés. Au centre, il reste simplement une croix de pierre marquant l'emplacement de l'ancien édifice religieux. Peut-être un jour je te conduirai dans cet impénétrable lieu où quelques tombes subsistent encore, avec des noms et des dates, envahies de buis, de buissons et presque recouvertes de lierre. L'une de ces pierres tombales porte encore le signe des chevaliers de l'ordre de Malte. Des enfants, en jouant à cet endroit, y ont retrouvé des ossements, du moins le prétend-on encore de nos jours à Sallèdes.

— Mais alors, peut-être que…

— C'est improbable, il y a trop de temps.

Un trouble certain s'emparait de la jeune fille.

— Et le château de la Chaux-Montgros ?

— Quant à lui, il est toujours là, flanqué de ses quatre tours rondes décorées de frises de briques formant les arêtes. Mais le bâtiment, pillé au cours des âges, a perdu ses fastes. Il bénéficie cependant depuis quelques années d'une restauration lente mais sûre, et se tient toujours debout, fier comme un géant.

— La forteresse d'Usson existe-t-elle encore ?

— Elle fut détruite par ordre du roi Louis XIII et sur les conseils de Richelieu. Ce qu'il en reste ressemble à une misère, des pans de murs…

Sur le visage de Romane, une déception. Elle n'avait pas conscience, sans doute, que chaque siècle dure cent ans !

Le lendemain matin, quittant l'Histoire mais toujours curieuse et déterminée, Romane insista pour rencontrer la seule et unique survivante de la famille de sa mère.

— Pourquoi ne veux-tu pas y aller, maman ?

— Parce qu'elle a refusé sa porte à ma mère, un jour alors que celle-ci était désorientée et perdue. Je n'irai pas la voir, mais je ne t'empêche pas d'accomplir cette démarche. Voilà, tu connais la vérité !

L'entêtement de Romane avait rendu inévitable sa visite à la résidence « Les Jours heureux ». Romain, qui l'y avait conduite, l'attendit dans la voiture.

Clémence, ce jour-là, ne se trouvait pas dans l'un de ses meilleurs moments. Sa mémoire lui jouait de vilains tours. Tantôt elle voyait en Romane la fille de Reine, tantôt sa petite-fille. Romane comprenait cette situation bien délicate et tentait d'expliquer à la vieille dame qui elle était.

— Je suis trop vieille et fatiguée, mais je suis heureuse de te voir. Tu es ma nièce et ça me suffit. Quand je te regarde, oui, tu lui ressembles tant, et cependant... Mais tu es désormais mon héritière, ma propriété te reviendra, puisque je n'ai plus personne.

Romane ne souriait plus, elle pensait à sa mère, à sa grand-mère.

— Depuis que je sais que tu existes, Romane Martenet, j'ai fait le nécessaire auprès de notre notaire.

Romane, se sentant embarrassée, répondait maladroitement. La vieille dame reprit :

— Parlons d'autre chose, veux-tu ? Sais-tu que ta mère était belle comme le jour ? De plus, c'était une excellente couturière, toutes les femmes voulaient être habillées par elle, tu peux me croire.

La jeune fille savait qu'elle se trompait de personne.

— J'allais oublier, se reprit soudain Clémence... Ma petite, tu vois, c'est ma pauvre tête !

Clémence Brunet se dirigea lentement vers son armoire, dont elle tira la porte. Romane aperçut des vêtements sur leur cintre, du linge sur les étagères.

— Ils nous permettent d'avoir ici quelques meubles personnels, c'est bien commode pour les papiers et mes affaires.

Elle fit venir le tiroir à elle, farfouilla un moment et en retira une enveloppe, qu'elle tendit à Romane.

— C'est une lettre de ta pauvre mère, elle me l'a confiée lorsque ton père est mort. Tu vois, c'est pour toi, c'est écrit dessus : « Pour ma fille. »

Romane n'osait pas lui dire qu'elle se trompait encore. Elle observait cette enveloppe jaunie par le temps, un peu déchirée sur le côté, mais toujours fermée.

— Prends donc, elle sera heureuse que tu la lises. Je ne croyais pas te voir un jour et pourtant, j'ai toujours conservé cette lettre... Ta mère était si malheureuse.

Romane accepta, troublée. Lorsque Clémence ferma l'armoire, elle eut un léger malaise et Romane appela l'infirmière.

— Ça lui arrive de temps à autre, elle n'est plus jeune... Un jour, elle ne s'en relèvera pas et, malheureusement, elle n'a pas de famille, personne qui lui rende visite. Vous êtes l'une de ses connaissances ?

Pas de réponse. Romane se retira, après un petit au revoir de la main, que Clémence ignora.

Romane Martenet se trouvait plongée en pleine perplexité. La vieille dame ne paraissait nullement hostile aux Martenet. En outre, et c'était bien là l'incroyable, elle lui transmettait ses biens. La lettre fut glissée dans le fourre-tout et son existence demeurerait secrète.

Romain accueillit sa fille avec un large sourire.

— J'ai été un peu longue, mais tu sais, Clémence Brunel, ma grand-tante...

— Eh oui ! C'est ta grand-tante, ta seule parente du côté de ta mère !

— J'ai des choses à vous dire, à tous les deux, annonça Romane avec un air mystérieux. Il me tarde de rentrer.

— Tout va bien ?

— Ne t'inquiète pas... Pardon, ne vous inquiétez pas.

— Tu sais, je suis content que tu me tutoies parfois. Bientôt, ça viendra tout seul.

Il lui souriait.

Dans sa chambre, Romane prenait et reposait sans cesse la fameuse enveloppe. Oserait-elle la décacheter ? Elle en mourait d'envie. Elle la soupesait, la sentait, la retournait dans tous les sens. Elle la glissa entre des livres, sur l'étagère.

Émilie tentait de retarder les questions qui lui brûlaient les lèvres, en vain.

— Alors, cette tantine ? Raconte-moi quand même !

— Tu aurais dû venir. Parfois, elle perd un peu la tête ; elle m'a confondue avec toi, et même avec ta mère. C'était à n'y rien comprendre, par moments.

— Elle a toujours été un peu folle, reprit Émilie.

— Sa mémoire s'embrouille. Mais elle n'a jamais témoigné d'agressivité envers les Martenet, je te l'assure !

— Qu'en penses-tu, Romain ?

— Elle est dure d'oreille et l'on m'avait prévenu que, par instants, sa mémoire chavirait un peu. Le jour où je l'ai rencontrée, elle allait assez bien.

— Je dois vous annoncer une grande nouvelle. Elle m'a annoncé que j'étais son héritière, étant la seule et dernière de sa famille, sa petite-nièce ! Les papiers seraient prêts, paraît-il.

— Mais tu seras obligée de vendre pour payer tous les droits de succession ! Et s'il te reste quelques biens, tu auras de la chance, répondit Émilie avec de la colère dans la voix.

— Je ne sais pas comment se passe un héritage, je suis trop jeune…

— Encore des soucis en perspective, répondit Émilie, contrariée. Il doit y avoir un piège…

Un lourd silence s'installait. Peut-être sa mère avait-elle raison, songea Romane, surprise par cet héritage. Mais, en fait, ce n'était pas pour lui déplaire : son penchant pour la littérature la dominait et, au fond d'elle-même, elle se disait qu'il pouvait y avoir là matière à roman.

Subitement, Émilie déclara :

— Il m'a fallu beaucoup d'années pour me défaire du passé, je ne veux pas recommencer, replonger. Toi, tu es jeune et romanesque, n'est-ce pas ? Mais, pour moi, c'est bien fini, me comprends-tu ?

— Nous n'en parlerons plus, c'est promis. Sauf peut-être avec papa...

Romain ne répondit pas, au risque de choquer Émilie, mais il discernait une fois de plus l'intelligence de sa fille.

Cette conclusion la conforta quant à la lettre, qu'elle décida de garder par-devers elle. Elle se promit d'aller rendre visite de temps à autre à Clémence Brunel : elle le lui devait. Un peu de respect pour cette testatrice tombée du ciel !

La mystérieuse lettre resta bien dissimulée. Romane la prenait dans ses mains parfois, la triturait et la remettait à sa place.

« J'ai hâte de savoir, et en même temps je crains de découvrir des choses qui ne m'étaient pas destinées. » Sur l'enveloppe, ces trois mots : « Pour ma fille », écrits par son arrière-grand-mère. La destinatrice était donc en réalité sa grand-mère et non sa mère. « Ainsi, je n'ai pas à la lui donner », se convainquait Romane, rassurée.

Juillet donnait ce qu'il avait de meilleur et Besse comptait ses touristes. Le Pavin se languissait sous les regards de ses très nombreux visiteurs. Romane, Émilie et Romain s'y étaient rendus deux fois et en avaient apprécié l'omble chevalier[1], pêché à même le lac et préparé de merveilleuse manière par le restaurateur. Une spécialité pour fins gourmets ! Lors de ces randonnées, Romane sentait monter en elle une puissante inspiration romanesque. Romain lui raconta qu'un jour de plein hiver...

— Il me tarde de voir tomber la neige sur ce lac et son environnement, j'attends ce moment avec impatience. Je voudrais même m'y rendre la nuit et écouter ce que me chuchotera le Pavin, je sais qu'il me réserve quelque surprise.

En disant ces mots, elle se serra contre son père. Puis elle ajouta :

— *Il neige sur le lac Pavin*... Que pensez-vous de ce titre ? Vous plaît-il ?

Elle n'écouta pas la réponse :

— Près d'un rocher, agrippée sur le haut et étroit sentier, je vois déjà la scène. Les lourds flocons, tels des parachutes déboussolés, tombent en aveugle tantôt sur le lac, tantôt sur les alentours boisés.

Elle subjuguait son père.

— Parfois, l'image devient si rétrécie dans la bourrasque qu'on se demande si c'est la terre qui monte ou le ciel qui descend, ajouta Romain.

— Ce doit être si beau lorsque tout s'arrête !

— Le ciel finit par s'entrouvrir et l'on découvre alors la métamorphose du lac, qui semble enseveli.

---

1. Omble chevalier : poisson d'eau douce voisin du saumon, à la chair délicate, importé du lac Léman, où il fut introduit en provenance des lacs d'Europe septentrionale.

La nature environnante reprend ses formes, aux reliefs pourtant modifiés, arrondis, plus doux qu'auparavant.

— Je vois que je pourrais compter sur vous pour quelques idées.

— Ce ne sont plus des idées, mais des souvenirs. Tu devras créer ton roman avec ta sensibilité, ton intelligence et ton talent, comme le font les écrivains dignes de ce nom.

Une nuit enfin, n'y tenant plus, Romane tira l'enveloppe d'entre les livres. La lame d'un couteau emprunté à la cuisine déchira alors le papier, tout doucement.

— On dirait que j'entaille ma peau.

Elle sortit les deux feuillets, les huma, puis les déplia délicatement. Sensation inexplicable. Sur ce papier d'autrefois, elle découvrait l'écriture de son arrière-grand-mère, une écriture simple, avec des lignes presque droites, des pleins et des déliés certifiant l'utilisation d'une plume Sergent-Major. Elle retint son souffle un instant, puis lut :

« *Ma très chère enfant,*

C'est la mort dans l'âme que je t'écris cette lettre que tu ne recevras peut-être jamais. Mais il faut tout de même que je l'écrive. Je suis si seule depuis que ton pauvre père est mort, et de quelle manière !

Il avait perdu le goût de la vie, cette vie qu'il aimait tant, rappelle-toi, ma petite Reine, rappelle-toi comme nous étions heureux tous les trois, avant le drame. En t'écrivant ces lignes, en te parlant en quelque sorte, j'ai un peu de joie qui me revient petit à petit dans le cœur, bousculant pour quelques secondes l'atrocité du malheur qui nous a frappés. Je ne te poserai pas de questions, à part celle-ci : cette enfant que tu nous as présentée, toute petite et si belle, qu'est-elle devenue ? Elle s'appelait Émilie. Je voudrais te dire que ton père l'aimait, mais son orgueil était plus fort encore et l'a mené au cimetière.

Quant à moi, j'ai bien du mal à survivre, j'ai perdu tout espoir. On a beau être fort, on n'est plus rien lorsque tout s'écroule, quand les nôtres ne sont plus là.

Je voudrais te dire aussi que les biens, tout ce que nous possédions, ont été vendus à ton oncle Brunel, ton père ne voulant plus travailler. Le pire, c'est que ton père a caché ou perdu le peu d'argent que nous en avions tiré. Il avait demandé au notaire d'être payé en pièces d'or pour les trois quarts de la somme, je ne sais pas pourquoi, une vieille idée de paysan sans doute.

Je n'ai pas vu une seule pièce, je te le jure ! J'ai à peine de quoi vivre et je sais que je vais bientôt rejoindre ton père. Je ne suis pas faite pour supporter tout ce chagrin.

Je t'embrasse une dernière fois. Quant à la petite, je l'embrasse aussi de tout mon cœur.

Ta maman qui ne t'oubliera jamais. »

Les yeux de Romane se voilaient de larmes, larmes chaudes et brûlantes d'une adolescente découvrant de vieux secrets de famille. Elle serrait maintenant les feuillets sur son cœur. Quel était donc ce drame ? « Ma petite grand-mère, j'aurais voulu t'aimer toi aussi... »

Elle engrangeait dans son être tous ces mots révélateurs. « Un jour, j'écrirai notre histoire, même si... » Quand le sommeil l'emporta, l'horloge du clocher de Besse sonnait quatre coups.

Elle ne dévoila rien de cette lettre, la relisant chaque soir. Jusqu'au jour où elle décida de revoir Clémence Brunel !

La mémoire de la future centenaire ne s'était pas améliorée, ses moments de lucidité se raréfiaient. Romane tenta astucieusement de parler des pièces d'or de son arrière-grand-père. Clémence sourit alors, d'un sourire mesquin.

— Lorsqu'il avait bu, et il buvait beaucoup depuis l'affaire, le père Martenet se vantait de posséder de l'or. Il m'en a montré, oui, j'ai vu quelques pièces, deux ou trois qu'il sortait de sa poche.

Elle s'arrêtait souvent, puis reprenait :

— On lui a dit : « Ne montre pas ça à n'importe qui, on te les volera. Cache-les dans ton moulin. » Un autre qui avait bu autant que lui a ajouté : « La meilleure cachette, c'est la couze ou le Pavin. Après, tu seras tranquille ! » Quelques jours plus tard, il nous annonçait : « J'ai fait ce qu'il fallait faire, faudra pas craindre l'eau pour les retrouver. » Il s'est pendu le lendemain. Voilà l'histoire, enfin c'est ce que j'en sais. Fallait-il qu'il ait perdu la tête ! Jamais un homme de la terre ne se sépare de ses sous, et un Auvergnat par-dessus le marché ! Il n'y a que la folie ou le désespoir qui puisse changer ainsi un homme...

Elle s'interrompit.

— Il me semble que j'ai la tête qui tourne, à présent, murmura-t-elle...

Nouveau malaise. Les infirmières de garde accoururent à l'appel de Romane.

Les jours passaient. Août arrivait à sa fin. Romane voulait en savoir davantage, une fois pour toutes.

— Maman, qu'est-il arrivé à Reine Martenet, ma grand-mère ? Je veux la vérité toute vraie, tout entière !

Émilie n'eut d'autre solution que de lui raconter l'histoire des Martenet.

— Tu vois, commenta Romane, ce n'était pas si terrible, je ne suis plus une enfant, je suis une Martenet... pour l'instant, ajouta-t-elle avec un regard malicieux.

— Tout cela ne te choque pas ?

— Je vais écrire le plus beau roman du monde, mais j'ai besoin de l'hiver, j'ai besoin de neige, de cette blancheur immaculée qui habille et purifie nos vies en même temps, j'ai besoin de la certitude du froid. Cette terre me va si bien, maman ! Toi qui aimes l'eau, tu apercevras peut-être, à bien y regarder, des reflets bizarres dans la couze ou dans le Pavin, va savoir...

— Explique-moi, n'es-tu pas en train de perdre la tête ?

— Je ne crois pas, rassure-toi.

— Tu es bien jeune pour te laisser emporter par tant de nouvelles, sans oublier cet héritage.

— Il n'y a plus d'héritage, maman. Lors de ma dernière visite aux Jours heureux, j'ai rencontré la directrice car Clémence n'allait pas très bien. Nous avons bavardé et j'ai appris qu'elle avait fait don de tous ses biens à la maison de retraite, pour subvenir au coût fort élevé de son séjour, et que rien heureusement n'a été modifié.

Émilie demeurait bouche bée.

— Tu sais, à presque cent ans, on raconte parfois...

— Bien sûr, bien sûr ! C'est peut-être mieux ainsi.

Romane ne se contenait plus ou n'avait plus envie de se retenir. Elle haussa la voix :

— Mon père est admirable ! Je suis si bien que je voudrais ne jamais aller au lycée. Je voudrais écrire tout de suite mon roman. Il me semble que, maintenant, je suis prête.

— Ma fille est folle ! dit la mère en levant les yeux au ciel.

— Je suis si heureuse d'être auprès de vous deux, et de vivre enfin dans une maison entourée de fleurs. Oh, maman, merci !

Elle se jeta au cou d'Émilie, ajoutant :

— J'aime tellement mon père que je ne sais pas comment le lui dire !

Puis Romane s'écarta un peu de sa mère et lui déclara :

— Nous avons répondu, sans nous en rendre compte, à l'appel de nos racines. Ici, c'est chez nous, maman, je le sais, je le sens jusqu'au plus profond de moi…

Émilie ne put retenir ses pleurs.

À quelques pas de là, Romain, qui avait tout entendu, s'éloigna pour cacher les siens.

Dans sa tête, un éclair : la part de l'ange ! Romane était-elle donc cette part de l'ange, cette part comme évaporée qui, revenue, avait sans le savoir reconstitué le manque ? Il n'avait plus le cœur à réfléchir, puisqu'il était heureux. Il dit sans s'en rendre compte :

— Faudra sans tarder faire un voyage à Boudes, je n'ai plus grand-chose dans la cave.

Une voix se fit alors entendre :

— Je t'accompagnerai à Boudes, mais n'oublie pas ta promesse, papa : la visite à Sallèdes, à la Chaux-Montgros, sans oublier Usson, sur les traces de la reine Margot ! La région recèle tant d'histoires !

— Tu entends donc tout ce que je murmure ?

— Oui, papa, oui ! dit-elle en s'appuyant contre cet homme, son père.

Il passa le bras autour des épaules de sa fille, sans dire un seul mot. Romain Departout mesurait le temps de bonheur qui lui restait à vivre. Il aurait pu penser que c'était peu, mais il jaugeait la situation avec espoir et sagesse. Les regrets ne servent à rien, si ce n'est à faire du mal.

Ils marchaient, soudés l'un à l'autre, d'un pas qui s'accordait sans qu'il fût calculé.

— Penses-tu toujours à la reine Margot ? Vous êtes toutes deux, si l'on peut dire, des enfants d'Auvergne, chacune à votre place…

Pas de réponse. Puis, après quelques secondes :

— Je pense à mon roi, mon père que j'aime.

De loin, Émilie, la fille des eaux vives, les observait, soudain paisible.

Épilogue

La légende

Dans cet ancien comté d'Auvergne, territoire créé au cours du Moyen Âge, s'étaient déroulées bien des aventures.

L'Histoire l'avait marqué de son sceau, tout particulièrement l'existence tourmentée de Catherine de Médicis, fille de Madeleine de La Tour, devenue comtesse d'Auvergne en 1526 par son héritage des Stuarts, et reine de France par son mariage avec Henri II de Valois en 1533.

Sa liaison supposée avec Jean de La Guesle, procureur général au parlement du roi, plus jeune d'une année, demeure un mystère, et ce lien possible entre les trois personnages (le troisième étant Marguerite de Valois, sa fille) intrigue les uns, ravit les autres, ne laissant nul indifférent.

Le séjour forcé de Marguerite de Valois à Usson, pendant près de dix-huit années, fut plus intéressant qu'il n'y paraît de prime abord, malgré le comportement surprenant de la reine, tantôt pieuse, tantôt volage, tantôt bienfaitrice des pauvres.

Lors de son divorce avec Henri IV, c'est le fils de Jean de La Guesle – ayant pris la place de son père au Parlement – qui l'aidera à l'obtenir et, fait exceptionnel, à conserver son titre de reine. Attachement ? dévouement ?

À la mort de Marguerite de Valois s'éteignit la branche aînée de la famille de La Tour d'Auvergne.

Dans le vieux cimetière de Sallèdes, quelques ombres franchissent encore l'enceinte par endroits écroulée. On fait silence, à l'approche de cette croix de pierre qui marque l'emplacement de l'ancienne chapelle. Seul le vent a le droit de se manifester à travers les branches des sapins, des buis, des ronces envahissant les vieilles tombes. Il sait, lui, mais hélas ! ne parlera jamais de cette reine qui fut aussi, pendant tant d'années, une femme d'Auvergne, et dont les restes demeurent tout proches, quoique épars, selon que l'on y croie ou non.

Table

Composition et mise en pages :
FACOMPO, LISIEUX

Impression réalisée sur CAMERON par

CPI
Brodard & Taupin

La Flèche (Sarthe)
en juillet 2007

pour le compte des Éditions de l'Archipel
département éditorial
de la S.A.R.L. Écriture-Communication

Imprimé en France
N° d'édition : 1033 – N° d'impression : 42756
Dépôt légal : juillet 2007